Los **JET** de Plaza & Janés

El club de los poetas muertos
N. H. Kleinbaum

Plaza & Janés Editores, S.A.

Título original:

LE CERCLE DES POETES DISPARUS

Traducción de

MANUEL M. ESCRIVA DE ROMANI

Portada de

GS-GRAFICS, S. A.

Foto de la película:

Cedida gentilmente por **FILMAYER VIDEO**

Cuarta edición en esta colección: Diciembre, 1992

Quedan rigurosamente prohibidas, sin la autorización escrita de los titulares del «Copyright», bajo las sanciones establecidas en las leyes, la reproducción parcial o total de esta obra por cualquier medio o procedimiento, comprendidos la reprografía y el tratamiento informático y la distribución de ejemplares de ella mediante alquiler o préstamo públicos.

© 1990, Touchstone Pictures
Copyright de la traducción española: © 1991,
PLAZA & JANES EDITORES, S. A.
Enric Granados, 86-88. 08008 Barcelona

Printed in Spain — Impreso en España

ISBN: 84-01-49186-X — Depósito Legal: B. 42.548 - 1992

Impreso en Litografía Rosés, S. A. — Cobalto, 7-9 — Barcelona

CAPÍTULO PRIMERO

Reunidos en la capilla del prestigioso colegio Welton, una institución docente privada sumida en el corazón de las colinas de Vermont, unos trescientos muchachos uniformados esperaban educadamente, sentados a uno y otro lado del pasillo, rodeados de familiares cuyos semblantes resplandecían de orgullo. De repente, se oyó elevarse bajo las bóvedas el amplio y sinuoso sonido de una gaita; con un solo movimiento las cabezas se volvieron hacia la entrada de la capilla y a contraluz se vio la silueta de un hombre encorvado por la edad, al que una amplia toga hacía que pareciese aún más pequeño. Después de prender un cirio que llevaba en un candelabro de plata, encabezó con dignidad una procesión compuesta por estudiantes que llevaban estandartes, una pléyade de antiguos alumnos y profesores ataviados con la toga doctoral. La procesión se sumió en la augusta capilla deslizándose sobre las losas de la nave central.

Los cuatro chicos que portaban los estandartes en los

que se podían leer, bordadas en letra gótica, las palabras «Honor», «Tradición», «Disciplina» y «Excelencia», avanzaron con paso solemne hasta el estrado, seguidos a unos pasos por el pelotón de profesores. El portador del candelabro, cuya atención se dedicaba por entero a proteger la llama de las corrientes de aire, cerraba en ese momento la marcha.

El decano del colegio, el señor Gale Nolan, un hombre de unos sesenta años con ojos de búho y pico de águila, se asomaba en el estrado con expresión bondadosa, el busto erguido y con las palmas de las manos en las esquinas de su pupitre.

—Señoras y señores... Queridos muchachos —declamó, haciendo un gesto teatral hacia el candelabro—. La llama del conocimiento.

Con los circunspectos aplausos de la asistencia, el anciano presentó entonces el cirio alargando los brazos, con toda la lenta ceremonia que exigían sus funciones. Se impuso un respetuoso silencio, y el soplador de la gaita fue a sentarse en el extremo izquierdo del estrado, mientras los cuatro muchachos bajaban sus estandartes e iban a reunirse con sus compañeros.

El detentador del saber se adelantó entonces hacia las primeras filas, donde esperaban los alumnos más jóvenes, con una vela apagada en la mano. Lentamente, se inclinó para recibir la llama que le ofrecía el alumno del final de la fila.

—Los mayores pasarán la llama del saber a los menores —cantó el decano, mientras uno tras otro, los chicos prendían sus velas con la del vecino—. Señoras y señores, alumnos y antiguos alumnos... En este año de 1959 celebramos el centenario de la fundación de nuestro colegio. Hace cien años, en 1859, cuarenta y un muchachos, sentados en esta misma capilla, se enfrentaron con la misma pregunta que ahora me dispongo a plantearles y que se os planteará en cada principio de curso.

El señor Nolan hizo una pausa deliberada, haciendo que su mirada discurriese sobre los jóvenes rostros ansiosos.

—Señores, ¿cuáles son las cuatro columnas?

Las cabezas se alzaron, y por un momento no se oyó más que el ruido de los zapatos sobre el pavimento de losas. Todd Anderson, uno de los pocos estudiantes que no llevaban la chaqueta de la escuela, pareció dudar. Con un codazo, su madre le exigió que hiciese como sus compañeros. El rostro del muchacho era adusto, había una negra tristeza en los ojos. Se levantó y, sin abrir la boca, miró alrededor a sus compañeros, que empezaron a clamar como un solo hombre:

—¡Honor! ¡Tradición! ¡Disciplina! ¡Excelencia!

El señor Nolan inclinó la cabeza con un gesto de satisfacción, y los muchachos volvieron a sentarse. Cuando el último crujido se perdió bajo la bóveda, un silencio expectante cayó sobre la capilla.

—En su primer año de existencia —tronó el decano, inclinándose ante el micrófono—, el colegio Welton tuvo cinco premios de honor. El año pasado tuvimos cincuenta y uno. En su mayoría, los premiados han visto abrirse ante ellos las puertas de las Universidades de más prestigio.

Los entusiastas padres saludaron con una salva de aplausos los buenos resultados conseguidos gracias a los denodados esfuerzos del señor Nolan. Dos de los portaestandartes, Knox Overstreet y su amigo Charlie Dalton, se unieron a la ovación, conscientes de pertenecer a una elite. Sentados junto a sus padres, ambos llevaban el uniforme del colegio Welton, del que parecían los más perfectos representantes, cada uno a su medida: Knox, con el cabello corto, era un adolescente de aspecto deportivo y de sonrisa franca y directa. En cuanto a Charlie, con su mechón de pelo caído y su actitud de arrogancia, evocaba a la vez al hijo de buena familia y al arquetipo del estudiante de preparatoria.

—Este éxito ejemplar —prosiguió el señor Nolan, mientras Knox y Charlie intercambiaban miradas cómplices con sus compañeros de las filas próximas— es el resultado de nuestra ferviente adhesión a los valores que se inculcan en este lugar. Por esta razón, vosotros, los padres, nos confiáis a vuestros hijos; y por este mismo motivo somos hoy una de los mejores colegios preparatorios de los Estados Unidos. Pasar por Welton es para vuestros hijos el primer paso para los altos cargos que les esperan.

Nolan hizo otra pausa para saborear mejor una nueva salva de aplausos, que aparentó querer cortar con una ligera elevación de las manos.

—En cuanto a vosotros, nuevos reclutas —siguió diciendo Nolan, dirigiendo su mirada a los más jóvenes—, tenéis que saber que la clave de vuestro éxito descansa en estos cuatro pilares. Y esto afecta asimismo a los estudiantes de último año y a los que acaban de ser trasladados aquí.

Con estas palabras, Todd Anderson se removió en su asiento, sintiéndose afectado personalmente por ellas.

—Los cuatro pilares son la divisa de nuestra institución y se convertirán en la piedra de toque de vuestras vidas.

—Premio de honor Richard Cameron —llamó Nolan.

Inmediatamente, uno de los portaestandartes saltó en pie.

—¡Presente! —gritó Cameron.

Junto a él, su padre enrojecía de gozo.

—Cameron, ¿qué es la tradición?

—La tradición, señor Nolan, es el amor al colegio, la patria y la familia. Y la tradición en Welton es ¡ser los mejores!

—Bien, señor Cameron.

El chico volvió a sentarse, con la espalda rígida, inmerso en la mirada clueca de su padre.

—Premio de honor George Hopkins. ¿Qué es el honor?

—El honor es la dignidad moral por el cumplimiento del deber —respondió sin dudarlo el muchacho al que se le había hecho la pregunta.

—Bien, señor Hopkins. Premio de honor Knox Overstreet.

Knox se levantó.

—Presente.

—¿Qué es la disciplina?

—La disciplina es el respeto debido a los padres, a los profesores y al decano del colegio. La disciplina debe ser espontánea.

—Gracias, señor Overstreet. Premio de honor Neil Perry.

Knox volvió a sentarse, sonriendo. Sus padres, sentados uno a cada lado de él, le palmearon el hombro a modo de felicitación.

Neil Perry se puso en pie a su vez. Era un adolescente de rasgos delicados, casi femeninos, pero que gozaba de un cierto ascendiente entre sus compañeros —ascendiente que debía a sus resultados escolares y también a una especie de generosidad intelectual—. Llevaba el pecho cubierto de medallas al mérito. Le presentó al decano una expresión absolutamente cerrada.

—¿Y la excelencia, señor Perry?

—La excelencia es el fruto de un trabajo encarnizado —repuso Perry en voz alta pero monótona—. La excelencia es la clave del éxito, tanto en los estudios como en la vida.

Volvió a sentarse sin apartar la vista del estrado. A su lado, su padre permaneció inmóvil, sin dedicarle el menor gesto de satisfacción.

—Señores —siguió diciendo Nolan—, no cabe duda de que trabajarán en Welton más de lo que han trabajado en toda su vida, y su recompensa será ese éxito que esperamos de ustedes.

»El señor Portius, nuestro querido y eminente profesor de Literatura, que nos ha dejado para disfrutar de un retiro ampliamente merecido, les da a ustedes la oportunidad de conocer a quien va a hacerse cargo del estandarte, el señor John Keating, también él diplomado en este colegio, con las felicitaciones del jurado examinador, y que ha enseñado durante muchos años en la famosísima escuela Chester de Londres.

El señor Keating, sentado con los demás miembros del cuerpo docente, se levantó e inclinó ligeramente el busto para saludar a los asistentes. De unos treinta años, con el cabello castaño y los ojos marrones, el nuevo profesor de Literatura, de estatura y corpulencia mediana, se distinguía de sus colegas por su juventud y por un cierto resplandor que animaba su mirada. Daba la sensación general de ser un hombre respetable y erudito, pero el padre de Neil Perry, molesto por el cambio, no dejó de considerarle con cierta sospecha.

—Para concluir esta ceremonia de bienvenida —dijo el decano—, me gustaría llamar a este estrado al titulado más antiguo de Welton aún vivo, el señor Alexander Carmichael, de la promoción de 1886.

Los asistentes se levantaron para aplaudir a un augusto octogenario, quien, rechazando con irritación las manos que se le ofrecían para ayudarle, se dirigió con una penosa lentitud hacia el estrado. Murmuró unas palabras casi ininteligibles y así acabó la ceremonia. Abandonando el recinto de la capilla, la multitud de alumnos y padres se desparramó al pie de las dependencias del colegio.

Los muros ennegrecidos por los años parecían unirse a una tradición ya centenaria para aislar Welton del resto del mundo. En el escalón más alto del atrio, como un clérigo que contemplase a sus ovejas a la salida del servicio dominical, el decano Nolan asistía a las despedidas que intercambiaban las familias.

La madre de Charlie Dalton apartó el mechón que caía sobre los ojos de su hijo y le estrechó contra su corazón. Después de un corto abrazo, Knox Overstreet y su padre dieron unos pasos juntos, mirando hacia el parque que se extendía ante ellos. El padre de Neil Perry, sin abandonar su actitud marcial, ponía orden en las insignias prendidas en el pecho de su hijo. En cuanto a Todd Anderson, un poco aparte, entretenía su desesperanza desenterrando una piedra con la punta del zapato. Sus padres conversaban a cierta distancia con otro matrimonio, sin preocuparse lo más mínimo de su hijo. Con los ojos fijos en el suelo, Todd se sobresaltó al ver de repente al señor Nolan inclinarse para leer el nombre inscrito en el borde de su bolsillo.

—¡Ah, señor Anderson! No se encuentra usted ante una sucesión fácil, jovencito. Su hermano era sin lugar a dudas uno de nuestros elementos más brillantes.

—Gracias, señor —murmuró Todd.

Con las manos cruzadas en la espalda, el decano se alejó sin rumbo definido y se unió a la muchedumbre de padres y alumnos, saludando y sonriendo aquí y allá con una mezcla de bonhomía y suficiencia. Se detuvo ante el señor Perry y su hijo, apoyando una mano afectuosa en el brazo del muchacho.

—Tenemos muchas esperanzas depositadas en usted, señor Perry —dijo.

—Gracias, señor decano.

—No les decepcionará —aseguró el padre del chico—. ¿No es cierto, Neil?

—Haré todo lo que pueda, padre —repuso el muchacho mirando al suelo.

Nolan le gratificó con una paternal palmada en el hombro antes de seguir con su ronda de propietario. Muchos de los alumnos más jóvenes estaban emocionados hasta las lágrimas y sus barbillas temblaban mientras besaban a sus padres, de los que algunos de ellos nunca se habían separado.

—Ya verás cómo esto va a gustarte —dijo un padre agitando la mano por última vez antes de alejarse con paso rápido.

—No seas crío —regañaba otro, dándole un meneo a su hijo que sollozaba.

Poco a poco, los padres iban volviendo a sus automóviles; el aire tibio y suave del verano ahogaba el ruido pesado de las portezuelas, y desaparecieron lentamente, con un último resplandor cromado, bajo los grandes olmos de la avenida principal.

Los muchachos quedaban librados a sí mismos. O, más

exactamente, habían encontrado en Welton un nuevo hogar, perdido en los bosques de Vermont.

—Quiero volver a mi casa —lloriqueó un chico rezagado en el patio.

Un condiscípulo mayor le rodeó los hombros con un brazo reconfortante y le llevó amablemente hacia la entrada del dormitorio.

CAPÍTULO II

—Calma, granujillas —tronó un profesor—. No corráis
Unos cuarenta alumnos de primer año se precipitaban por la escalera del dormitorio con un formidable estruendo mientras una quincena de los mayores trataba de abrirse camino en sentido contrario.

—Sí, señor —respondieron los chicos—. Sí, señor McAllister. Perdón, señor.

El señor McAllister meneó la cabeza viendo a esa jauría juvenil franquear las puertas a paso de carga y lanzarse al campus.

Una vez en la antecámara, los alumnos esperaban su turno en un silencio recogido, en pie o sentados en viejas sillas tapizadas de cuero. Muchos pares de ojos inquietos se movían con regularidad hacia la doble puerta del primer piso, al final de la gran escalera de amplio pasamanos.

Uno de los batientes se abrió y dejó paso a cinco alumnos, que bajaron sin ruido a la sala. Un hombre de cabello grisáceo se adelantó en el rellano.

—Overstreet, Perry, Dalton, Anderson, Cameron —pronunció claramente el profesor Hager—. Ahora ustedes.

Aquellos cuyos nombres se habían pronunciado subieron juntos los escalones bajo la atenta mirada de dos de sus compañeros. Pitts era un chico macizo y poco hablador, con el cabello cortado a cepillo, ceñudo y con los hombros ligeramente caídos. Meeks, junto a él, era más bajo, y su mirada vivaz estaba enmarcada por los aros de unas gafas.

—¿Quién es el nuevo? —le cuchicheó Meeks a su compañero de clase.

—Anderson —respondió Pitts en un murmullo.

—Pues no parece estar a gusto.

Pero su conversación no escapó a la vigilancia del viejo Hager.

—Señores Pitts y Meeks. Una falta.

Los dos chicos bajaron la mirada a las puntas de sus zapatos. Pitts levantó la comisura de los labios con un gesto de irritación. El profesor Hager era casi tan viejo como los muros del colegio, pero mantenía su vista de águila.

—Señor Pitts, eso le vale una segunda falta.

Los alumnos a los que Hager acababa de llamar le siguieron al despacho del señor Nolan, saludando al pasar a su esposa y secretaria, la señora Nolan, que escribía a máquina en el antedespacho.

Se inmovilizaron ante el decano del colegio, instalado ante su escritorio, con un setter irlandés tendido a sus pies.

—Encantado de volver a verles, muchachos. Señor Dalton, ¿qué tal está su padre?

—Bien, señor.

—Señor Overstreet, ¿su familia se ha establecido ya en sus nuevos cuarteles?

—Sí, señor; hace casi un mes.

—Estupendo, estupendo —dijo Nolan, sonriendo brevemente—. He oído decir que su nueva casa es espléndida.

Acarició un momento a su perro entre las orejas, y le ofreció un par de golosinas en la palma de la mano mientras los cinco muchachos esperaban balanceándose de uno a otro pie.

—Señor Anderson —volvió a hablar el decano sin alzar la cabeza—, ya que es usted nuevo, permítame que le explique que aquí en Welton, soy yo quien distribuye las actividades extraescolares basándome en el mérito y en los deseos expresados por cada uno. No hay ni que decir que estas actividades se han de abordar con la misma seriedad que la que dedican ustedes a su trabajo puramente escolar. ¿No es así, muchachos?

El decano levantó la cabeza.

—¡Sí, señor! —le respondieron al unísono.

—Cualquier ausencia injustificada a las reuniones se sancionará con una falta. Y ahora, veamos; usted, señor Dalton: club de biblioteca, fútbol, remo. Señor Overstreet: club de alumnos de grados superiores, fútbol, boletín del colegio, club de hijos de antiguos alumnos. Señor Perry: club de alumnos de grados superiores, club de química, club de matemáticas, anuario del colegio, fútbol. Señor Cameron: club de alumnos de grado superior, club de elocuencia, remo, club de biblioteca, consejo de honor.

—Gracias, señor —dijo Cameron.

—Señor Anderson, a la vista de los resultados que consiguió en Balincrest: fútbol, estudio de la Biblia, anuario del colegio. ¿Hay algún deseo en particular que quiera usted expresar?

Todd se quedó un momento en silencio. Trató de balbucear una respuesta, pero las palabras se le quedaban atravesadas en la garganta.

—Hable con más claridad, señor Anderson.

—Yo... Me gustaría... Preferiría... el remo..., señor —dijo Todd con voz apenas audible.

Nolan miró un buen rato al muchacho, que se puso a temblar como una hoja. En la estancia no se oía más que el acezar del setter.

—¿Remo? ¿Ha dicho remo? Pero si aquí veo que usted jugaba al fútbol en Balincrest.
—Es... Es verdad..., pero...
A su espalda, se apretaba las manos con tanta fuerza que la sangre no le circulaba por las articulaciones. Aún más nervioso por la mirada sorprendida que le dirigían sus nuevos condiscípulos, Todd contenía a duras penas un torrente de lágrimas.
—Le encantará nuestro equipo de fútbol, Anderson —decretó el señor Nolan—. Bien, muchachos, pueden retirarse.
El grupito salió de la oficina del decano con la cola entre las piernas. El semblante de Todd estaba más blanco que el cuello de su camisa. En la puerta, Hager llamaba ya a los cinco siguientes.

Camino del dormitorio, Neil Perry se acercó a Todd, que iba solo, y le tendió la mano.
—Creo que vamos a compartir la misma habitación —dijo—. Me llamo Neil Perry.
—Todd Anderson.
Los dos muchachos anduvieron unos pasos en silencio.
—¿Por qué dejaste Balincrest? —preguntó finalmente Neil.
—Mi hermano estudió aquí —dijo Todd, a modo de explicación.
—¡Ah! Tú eres ese Anderson que...
El adolescente se encogió de hombros.
—Mis padres siempre han querido que viniese aquí, pero mis notas no eran lo bastante «convincentes». Así que me enviaron a Balincrest para que me pusiese a tono.
—Pues te ha tocado el premino gordo al venir aquí —dijo Neil echándose a reír—. No esperes divertirte mucho.
—Ya no me divierto.
Al entrar en el gran vestíbulo del dormitorio, fueron absorbidos por una batahola de alumnos que iban en todas di-

recciones, con los brazos cargados de maletas y sacos, almohadas y sábanas, libros y discos.

A la izquierda de la entrada, un empleado del colegio vigila con expresión cansada el montón que formaba el equipaje que aún no habían reclamado sus propietarios. Neil y Todd se detuvieron para buscar el suyo. Neil fue el primero que retiró su maleta del montón y, llevado por la corriente, se dirigió hacia la habitación que compartirían desde ese momento.

Richard Cameron no tardó en ir a su encuentro. Era un pequeño pelirrojo con la cara moteada de pecas, que parpadeaba con la regularidad de un metrónomo.

—Parece que te toca otra vez ser la víctima. Por lo que dicen, no es precisamente un regalo... Oh, perdón...

Todd acababa de aparecer en el vano de la puerta.

Cameron se apresuró a desaparecer. Todd se cruzó con él sin mirarle, puso sus maletas en la cama vacía y empezó a ordenar sus cosas en el armario.

—No le hagas caso a Cameron —dijo Neil—. Las finezas no son precisamente su fuerte.

Aparentemente dedicado por entero a lo que hacía, Todd se contentó con encogerse de hombros.

Knox Overstreet, Charlie Dalton y Steven Meeks entraron a su vez en la habitación.

—¡La puerta, Meeks! —dijo Charlie.

—Sí, mi sargento —bromeó Meeks, cerrando.

Una vez cerrada la puerta, Charlie se volvió hacia sus compañeros.

—Señores, ¿cuáles son los cuatro pilares?

—Travestismo, horror, decadencia, excremento —respondieron a coro antes de estallar en carcajadas.

—Vaya, Perry —dijo Charlie—, así que has tenido que cascarte un buen tarugo estas vacaciones.

—Sí. La Química —respondió Neil haciendo una mueca—. Mi padre quería que me adelantase al curso.

—Meeks es un genio en Latín —siguió Charlie—. Yo no

lo hago mal en Letras. De manera que, si estás de acuerdo, mantendremos nuestro grupo de estudios.

—De acuerdo, pero Cameron ya me ha pedido que trabaje con él. ¿Hay alguna objeción a que se una a nosotros?

—¿Cuál es su especialidad? —ironizó Charlie—. ¿Sembrar alubias?

—¡Es tu compañero de habitación, Charlie! —protestó Neil.

—¿Y qué? Yo no le he elegido.

Todd no había dejado de ordenar cosas, volviéndoles a medias la espalda. Steven Meeks se acercó a él.

—Buenos días; aún no nos han presentado. Me llamo Steven Meeks.

Todd le tendió una mano un poco blanda.

—Todd Anderson.

Knox y Charlie le estrecharon asimismo la mano.

—Charlie Dalton.

—Knox Overstreet.

—Todd es el hermano de Jeffrey Anderson.

Charlie lanzó un silbido de admiración.

—¡Caramba! Laureado con las felicitaciones del jurado.

—Bien venido a Welton —dijo Meeks.

—Ya lo verás, esto es el infierno —siguió Charlie—. A no ser que seas un pequeño genio como Meeks.

—Me halaga porque le echo una mano en Latín.

—Y en Química, y en mates... —añadió Charlie.

Llamaron a la puerta.

—Está abierto —dijo Neil, con desenvoltura.

La puerta giró sobre sus goznes. Pero esta vez no se trataba de un compañero de estudios.

—Papá —balbuceó Neil palideciendo—. Creí que ya te habías marchado...

CAPÍTULO III

El señor Perry entró en la habitación con paso decidido. Los muchachos se levantaron, casi como presentando armas.

—Señor Perry —dijeron a coro.

—Quedaos sentados, chicos, quedaos sentados —dijo éste con fría cordialidad—. ¿Cómo va esa salud?

—Bien, señor, gracias.

El señor Perry se enfrentó con su hijo, que no pudo evitar el bajar los ojos.

—Neil, considero que estás sobrecargado de actividades extraescolares. He hablado con el señor Nolan, que ha aceptado dejar para el año próximo tu participación en el anuario escolar.

—Pero, papá —protestó de inmediato Neil—, ¡si soy el redactor adjunto!

—Lo siento muchísimo, Neil —dijo secamente su padre.

—Pero, papá, no es justo. Yo...

La mirada glacial de su padre le impuso silencio. El señor Perry puso la mano en el pomo de la puerta e hizo gesto a su hijo de que pasase delante de él al pasillo.

—Señores, les agradeceré que nos excusen un minuto —dijo con tono cortés.

Siguió a su hijo y cerró la puerta tras sí. Con mirada dura, reconvino a su hijo con voz contenida.

—Te prohíbo que me lleves la contraria en público, ¿comprendes?

—Pero, padre —empezó con torpeza el muchacho—, no le he llevado la contraria. Yo...

—Cuando acabes tus estudios de Medicina y te valgas por ti mismo, entonces podrás hacer la vida que te parezca. Mientras tanto, harás lo que yo te diga.

Neil bajó los ojos.

—Sí, padre. Perdón.

—Sabes lo que esto significa para tu madre, ¿no es cierto?

—Sí, padre.

Neil se quedó un momento sin decir nada más. Sus más firmes decisiones se quedaban en nada con ese chantaje del remordimiento y por el temor de desencadenar un conflicto perdido de antemano.

—Usted me conoce —dijo ensayando una pálida sonrisa—; todo lo que quiero es hacer bien las cosas.

—Eso está bien, hijo mío. Llámanos si necesitas cualquier cosa.

El señor Perry apretó con la mano la nuca de su hijo y se alejó con su paso marcial. Neil le siguió con la mirada, con el corazón lleno de rabia y amargura, preguntándose si un día sería capaz de hacerle frente a su padre.

Cuando volvió a entrar en la habitación, le acogió el silencio embarazado de sus compañeros que dudaban en cuanto a la actitud a adoptar.

—¿Por qué nunca te deja hacer lo que quieres? —preguntó por fin Charlie.

—¿Y por qué no le envías a paseo? —añadió Knox—. Después de todo, no tienes nada que perder.

Neil se enjugó los ojos con el puño cerrado.

—¡Sí, claro! —replicó—. Lo mismo que vosotros enviáis a paseo a vuestros padres, señor futuro abogado y señor futuro banquero, ¿verdad?

El tiro dio en el blanco. Neil recorrió la habitación echando llamas. Se arrancó la insignia ganada por su trabajo en el anuario del colegio y la arrojó con rabia sobre su escritorio.

—Te equivocas —dijo Knox, yendo hacia él—. Yo no dejo que mis padres me manden.

—¡Ah, no! —replicó Neil con sarcasmo—. Sólo te contentas con hacer todo lo que te dicen. Te apuesto lo que quieras a que acabarás en el bufete de tu padre.

Se volvió a Charlie, que estaba aposentado de cualquier manera a los pies de la cama.

—Y a ti te apuesto a que te pasarás la vida considerando con gran atención las solicitudes de préstamo.

—Está bien, está bien —concedió Charlie—. Estas cosas no me gustan más que a ti. Sólo decía...

—¡No intentes decirme cómo he de hablarle a mi padre cuando tú te encoges delante del tuyo! —cortó Neil—. ¿Entendido?

—Entendido —suspiró Knox—. ¿Qué piensas hacer?

—Dejar el anuario, ya ves. No tengo elección.

—En tu lugar, yo no haría de eso una tragedia —intervino Meeks—. Los del anuario no son más que una banda de lameculos.

Neil cerró con violencia la tapa de su maleta y se derrumbó en el borde de la cama.

—¿Qué más me da, después de todo?

Le dio un puñetazo a su almohada y se tendió en la cama, con la mirada fija en el techo.

Los otros se quedaron un momento sin decir palabra, como para compartir la amargura de su compañero. Charlie acabó rompiendo el silencio.

—No sé lo que pensáis vosotros, pero yo necesito de mala manera desempolvar mi gramática latina. ¿Quedamos a las ocho en mi habitación?

—De acuerdo —dijo Neil con voz neutra.

—Serás bien venido si te unes a nosotros —dijo Charlie, dirigiéndose a Todd.

—Gracias.

Cuando todos salieron camino de sus habitaciones respectivas, Neil se levantó y recogió la insignia que había arrojado sobre su escritorio. A su lado, Todd acababa de deshacer su maleta. Entre dos camisas cuidadosamente dobladas, le vio sacar una fotografía enmarcada de sus padres, con el brazo apoyado afectuosamente en los hombros de un chico mayor, que debía ser el ilustre Jeffrey. Neil miró con atención la fotografía y observó que Todd se mantenía ligeramente aparte del grupito, con ellos y sin embargo solo. Todd instaló en su mesa un juego de escritorio de cuero.

Neil se tendió sobre el colchón y apoyó la espalda en la cabecera de la cama.

—Bueno, ¿qué te ha parecido mi padre?

—Con gusto lo cambiaría por el mío —murmuró Todd, como si hablase para sí mismo.

—¿Qué dices?

—Nada.

—Todd, si quieres que te vaya bien aquí tendrás que aprender a levantar la voz. Quizá los débiles entren en el reino de los cielos, pero no en Harvard, si entiendes lo que te quiero decir.

Todd inclinó la cabeza. Neil seguía con su insignia en la mano.

—¡El muy cerdo! —exclamó de repente.

Apretó el pulgar contra la punta del prendedor, haciendo brotar una gota de sangre, que se deslizó lentamente hacia la palma de la mano. Todd cerró los ojos, pero Neil contempló su sangre con una extraña fascinación. Retiró el prendedor de su carne y arrojó la insignia contra la pared.

CAPÍTULO IV

Llegó el primer día de clase. Los alumnos de primer curso se agitaban en el cuarto de baño, haciendo sus someras abluciones matinales y poniéndose la ropa a toda prisa. Neil les observaba por el espejo con la superioridad del viejo alumno. Con calma, se inclinó sobre el lavabo y se roció la cara con agua fría.

—Estos novatos se lo van a hacer encima —bromeó.

—Me parece que yo estoy tan nervioso como ellos —confesó Todd.

—No te preocupes. El primer día es siempre así. Pero en seguida pasa. Nadie te va a comer.

Acabaron de vestirse y fueron al trote corto al edificio de Química.

—Hubiese tenido que levantarme más temprano esta mañana —masculló Neil—. No me ha dado tiempo de tomar el desayuno y ya tengo un calambre en el estómago.

—Lo mismo me pasa a mí.

En el laboratorio de Química se encontraron con Knox, Charlie, Meeks y el resto de la clase, ya instalados en sus pupitres. Al frente, un profesor de amplia frente despoblada y con unas gafas redondas cabalgando su nariz distribuía unos impresionantes libros para su clase.

—Además de los ejercicios que encontrarán en este manual, cada uno de ustedes elegirá tres experimentos de esta lista y me entregará un informe cada cinco semanas. Los veinte primeros ejercicios correspondientes al capítulo primero hay que entregarlos... mañana.

Con la nariz en su libro de Química, Charlie Dalton abrió los ojos desmesuradamente. Intercambió una mirada de incredulidad con Knox Overstreet y los dos menearon la cabeza en signo de abatimiento.

Quizá por indiferencia, Todd fue el único que no manifestó una particular emoción ante la envergadura impresionante del manual y las instrucciones que lo acompañaban. La voz del profesor empezó a zumbar incansablemente en la clase, más soporífera que un gas químico, pero después de que mencionase los «veinte primeros ejercicios» los chicos sólo le prestaban una atención distraída. Cuando sonó el timbre, los alumnos cerraron rápidamente libros y cuadernos y en su mayoría se dirigieron a la clase del señor McAllister.

McAllister, un quincuagenario corpulento con cara de bulldog que hablaba latín con voz aguardentosa, no perdió el tiempo en preámbulos e inició las hostilidades sin previo aviso.

—Empezaremos por la declinación de los nombres. Agricola, agricolae, agricolam, agricolae, agricolae...

Empezó a recorrer la clase con pasos lentos a la vez que pronunciaba distintamente las palabras latinas que los chicos se esforzaban por repetir después de él.

Tras cuarenta minutos de este ejercicio, McAllister se detuvo por fin y miró a la clase desde lo alto de su tarima.

—Señores, mañana les preguntaré estas declinaciones. Ya saben lo que tienen que hacer.

Se volvió hacia la pizarra, ignorando con soberbia un vago rumor de protesta. Pero no le dio tiempo de encadenar lo anterior con la tarea siguiente: el timbre salvó a los alumnos.

—Este tío está enfermo —masculló Charlie—. Nunca podré aprender todo eso de memoria para mañana.

—No te preocupes —le tranquilizó Meeks—. Esta noche os enseñaré un truco infalible. Vamos, moveos, vamos a llegar tarde a mates.

A imagen de su principal ocupante, la clase del profesor Hager era aún más vetusta que las otras. Las láminas del parquet estaban sueltas y las figuras geométricas que decoraban las paredes amarilleaban. Los manuales esperaban tranquilamente a los alumnos en el ángulo superior derecho de sus pupitres.

—El estudio de la Trigonometría exige una absoluta precisión —empezó Hager—. El que me entregue una tarea con retraso tendrá un punto menos en su calificación final. Les ruego encarecidamente que no me pongan a prueba en cuanto a este punto. Bien, ¿quién puede darme una definición de coseno?

Richard Cameron pidió la palabra y se levantó.

—El coseno es el seno complementario de un ángulo o de un círculo —recitó—. Si tomamos un ángulo A, y...

Durante más de una hora, el profesor Hager les abrumó con preguntas y definiciones matemáticas. Unas manos se alzaban, los alumnos se levantaban y balbuceaban las respuestas como máquinas, recibiendo severas amonestaciones en caso de error.

El timbre tardaba en sonar. Fue acogido con un suspiro de alivio.

—Justo a tiempo —suspiró Todd recogiendo sus cosas—. Un minuto más y me quedaba dormido.

—Pronto te acostumbrarás al viejo Hager —le consoló Meeks—. Cuando le tomes el tranquillo, la cosa funcionará sola.

—Pues ya estoy quedándome atrás.

Doblegados por la acumulación de trabajo que se amontonaba sobre sus débiles hombros, los chicos entraron en la clase de literatura arrastrando los pies. Se desprendieron pesadamente del lastre de sus libros y se derrumbaron en sus pupitres.

El señor Keating, el nuevo profesor de Letras, llevaba corbata pero se había quitado la chaqueta. Estaba sentado ante su mesa y miraba por la ventana, y no parecía haberse dado cuenta siquiera de la llegada de sus alumnos.

Los chicos se instalaron y esperaron, felices de tener la oportunidad de respirar un momento y de desprenderse de la tensión de las horas precedentes. Pero como el señor Keating no se movía, siempre con la mirada fija en el horizonte, empezaron a rebullir en sus asientos, incómodos.

El señor Keating se levantó por fin, con lentitud, luego tomó una larga regla plana y empezó a recorrer los pasillos que separaban las filas de mesas. Se detuvo ante un alumno y le miró fijamente.

—¿Por qué enrojece?

Volvió a deambular al azar, mirando a los chicos a la cara con intensidad.

—¡Oh, oh! —exclamó ante Todd Anderson—. ¡Oh, oh! —exclamó en un tono distinto precipitándose hacia Neil.

Hizo sonar muchas veces la regla contra la palma de la mano antes de volver a la tarima con unas pocas zancadas.

—Tiernos cerebros juveniles —dijo entonces, con los brazos abiertos englobando a toda la clase.

Con una agilidad inesperada, saltó sobre su mesa.

—¡Oh, Capitán! ¡Mi Capitán! —declamó con voz potente—. ¿Quién sabe de dónde es este verso? Vamos, ¿nadie lo sabe?

Su mirada penetrante iba de un chico a otro. No se levantó ninguna mano.

—Pues bien, sabed, rebaño ignorante, que este verso lo escribió un tal Walt Whitman en honor de Abraham Lincoln. En esta clase podréis llamarme señor Keating o, si sois un poquitín más atrevidos, «Oh, Capitán, mi Capitán».

Saltó de la mesa y volvió a su ir y venir dando largos pasos.

—Para acabar de antemano con los rumores que no dejarán de circular a mi costa, sepan que yo también he gastado mis calzoncillos en estos bancos hace algunos lustros y que entonces no gozaba aún de esta personalidad carismática que ustedes tienen la alegría y la suerte de descubrir hoy.

»Si por ventura se les ocurriese la idea de seguir mis huellas, sepan que eso sólo puede mejorar su nota final. Tomen su manual, señores, y síganme al salón de honor de Welton.

Mostrando la dirección con su regla apuntada hacia la puerta, Keating abrió la marcha. Los chicos se lanzaron uno a otro miradas desconcertadas; luego recogieron sus libros y echaron a andar hacia el salón de honor de Welton.

Keating ya estaba recorriendo el embaldosado, esperando a que todos sus alumnos estuviesen reunidos. Su mirada recorría las paredes donde colgaban fotografías de cursos que se remontaban a finales del siglo XIX. Trofeos y copas de todos los tamaños se exhibían en estanterías y detrás de cristaleras.

Cuando todos estuvieron sentados, Keating se volvió hacia la clase. Le echó una ojeada a la lista de asistencia.

—Señor... Pitts. ¡Qué nombre tan divertido! Levántese, señor Pitts.

El gran Pitts obedeció con su acostumbrada pereza.

—Abra su libro en la página 542, Pitts, y lea la primera estrofa del poema.

Pitts volvió las hojas de su libro.

—¿«A las vírgenes, para que aprovechen el tiempo presente»? —preguntó.

—Ese mismo —respondió Keating, mientras se oían unos cloqueos.

Pitts se aclaró la voz:

> *Recoged ahora las rosas de la vida*
> *porque el tiempo jamás suspende su vuelo*
> *y esta flor que hoy se abre*
> *mañana estará marchita.*

Se detuvo.

—«Recoged ahora las flores de la vida» —repitió Keating—. La expresión latina que ilustra este tema es *carpe diem*. ¿Alguien sabe lo que significa?

—¿*Carpe diem*? —dijo Meeks, inigualable en latín—. Aprovecha el tiempo presente.

—Excelente, ¿señor...?

—Meeks.

—Aprovecha el tiempo presente —repitió Keating—. ¿Por qué escribe eso el poeta?

—¿Porque tiene prisa? —dijo al azar un alumno, provocando nuevas risitas.

—¡No, señores! ¿Alguna otra sugerencia? Pues bien, porque todos nosotros en tanto que existimos estamos condenados a que se nos coman los gusanos —dijo Keating mirando a sus alumnos—. Porque estamos condenados a no conocer más que un número reducido de primaveras, veranos y otoños.

»Un día, por increíble que eso pueda parecer a sus robustas constituciones, este corazón que se agita en nuestro pecho dejará de latir y exhalaremos el último suspiro.

Hizo una larga pausa. El silencio reinaba entre los chicos.

—Levántense, señores, y vengan a estudiar las caras de estos adolescentes que les han precedido en estos bancos hace sesenta o setenta años. Vamos, no sean tímidos; vengan a verles.

Los chicos se levantaron y se acercaron a los cuadros que colgaban en las paredes. Examinaron con interés las caras alegres y confiadas que parecían enviarles sus miradas desde el fondo de su lejano pasado.

—No son muy diferentes de ustedes, ¿verdad? Esos ojos llenos de esperanza y ambición, como los de ustedes. Se creen llamados a un brillante destino, como muchos de ustedes. Pues bien, muchachos, ¿qué ha sido de esas sonrisas? ¿Qué queda de esa esperanza?

Los chicos observaban con atención esas instantáneas surgidas del pasado. Keating iba y venía, apuntando con el extremo de su regla los rostros amarillentos.

—¿No habrán esperado demasiado antes de llevar a cabo una fracción de aquello de lo que eran capaces? Al adular en exceso a la diosa todopoderosa del éxito social, ¿no habrán vendido baratos sus sueños de infancia? ¿En qué caminos trillados, en qué mezquindades quedaron empantanados sus ideales? La mayoría de ellos están hoy criando malvas. Pero si escuchan ustedes con atención, señores, podrán oír que les susurran algo. Vamos, no tengan miedo, acérquense. ¡Escuchen! ¿Oyen ustedes su mensaje?

Los chicos no hicieron un solo ruido, llegando hasta a contener la respiración. Algunos se inclinaron con timidez hacia las fotografías.

—*Carpe diem* —murmuró Keating con voz de ultratumba—. Aprovechad el día presente. Que vuestras vidas sean «extraordinarias».

Todd, Neil, Knox, Charlie, Cameron, Meeks, Pitts y los demás se sumergieron en la contemplación de las fotografías de sus predecesores. Pero el hilo de sus reflexiones se vio brutalmente interrumpido por el timbre.

Poco después salían al patio del colegio, con los libros bajo el brazo.

—Más bien raro —murmuró Pitts.

—En todo caso, es un cambio —dijo Neil.

—Aún tengo la piel de gallina —dijo Knox.

—¿Creéis que nos harán preguntas sobre esto? —preguntó Cameron con aire perplejo.

—¡Cameron! —rió irónicamente Charlie—. ¿Es que nunca comprendes nada?

Cameron se detuvo y alzó las manos.

—¿Cómo? ¿Qué es lo que había que comprender?

Por toda respuesta, los demás le dejaron plantado.

CAPÍTULO V

Después de la comida, los chicos se reunieron en el gimnasio para la clase obligatoria de educación física.

—Bien, señores —bramó el profesor—, vamos a intentar desarrollar musculatura en esos cuerpos blandengues y canijos. Den ustedes vueltas al gimnasio. Paren después de cada vuelta y tómense el pulso. Si no lo encuentran, vengan aquí. ¡Vamos, vivo, vivo! —acabó, dándoles la señal de salida con una palmada.

El grupo se puso lentamente en danza. Riendo sardónicamente para su coleto, el profesor fue a apoyarse de espaldas contra la pared para atormentar a su gusto a los corredores.

—Un poco de brío, Hastings. Tendrá que perder un poco de esa grasa. Compruebe su pulso. ¡Buena andadura, Overstreet! —animó.

Knox sonrió y agitó la mano al pasar ante el profesor

Creían morir de agotamiento antes de acabar la sesión

La clase se había ido separando a lo largo de todo el perímetro del gimnasio y algunos empezaban a remolonear y se paraban más y más rato para contar las pulsaciones del corazón, bajo las exhortaciones chistosas del profesor, que a pesar de todo acabó enviándoles a la ducha.

—Estoy muerto —exclamó Pitts bajo el chorro de agua hirviente—. Ese tipo ha equivocado su camino, hubiese tenido que ser sargento.

—Vamos, Pitts; es bueno para tu salud —bromeó Cameron.

—Es fácil decirlo —replicó Pitts—. Tú no corrías, te paseabas. ¡Yo le he tenido encima una hora!

Pitts se volvió contra la pared al ver llegar al profesor de gimnasia, que empezó a recorrer la sala de duchas como para supervisar lo que hacían.

—¿Quién se apunta a estudiar esta noche? —dijo Meeks desde debajo de la ducha—. En seguida después de la cena.

—Yo me apunto —contestaron muchas voces.

—Harrison, recoja ese jabón —ordenó el profesor—. Ustedes, los de allá abajo, basta de remolonear. Vayan a secarse.

—Lo siento, Meeks, yo esta noche no puedo —dijo Knox—. Aquí donde me ves, voy a cenar a casa de los Danburry.

—¿Quiénes son los Danburry? —preguntó Pitts.

—Gente de postín —dijo Cameron con un silbido envidioso—. ¿Cómo te has agenciado la invitación?

Knox se encogió de hombros.

—Son amigos de mi padre; probablemente con más de cien años, seniles y pelmazos.

—No te quejes —dijo Neil; siempre será mejor que los OVNI que nos dan aquí.

—¿Qué son los OVNI? —preguntó Todd, para quien la jerga de Welton resultaba aún poco familiar.

—Orgía de Viandas No Identificadas —le contestaron.

Una vez vestidos apelotonaban de cualquier manera sus

equipos de gimnasia en las taquillas y salían. Sentado en un banco, Todd se ponía despacio los calcetines.

—¿En qué piensas? —le preguntó Neil, sentándose a su lado.

—En nada.

—¿Quieres ir a estudiar con nosotros esta noche?

—Gracias, pero... Prefiero hacer algo de Geografía.

—Como quieras. Pero siempre puedes cambiar de idea.

Neil tomó sus libros bajo el brazo y salió del vestuario. Maquinalmente, Todd le siguió con los ojos y luego su mirada pareció perderse en el vacío. Se ató los cordones de los zapatos, recogió sus libros y fue hacia el dormitorio.

Una tranquilidad inusual reinaba en el colegio. A impulso de la brisa, las hojas se movían y susurraban y el agua del lago se estremecía. El chico se detuvo ante la capilla, conmovido por su fachada enrojecida. En el horizonte, el sol poniente desaparecía tras la hilera de árboles que marcaba el límite del campus y lanzaba en forma de abanico sus últimos rayos a través del filtro oscilante del follaje, como cuando en la iglesia Todd se divertía guiñando los párpados mientras miraba las llamas de las velas.

—El universo es tan grande —murmuró Todd— y Welton tan pequeño.

Camino del dormitorio, se cruzó con muchos chicos con los que intercambió una tímida sonrisa. Una vez en su habitación, dejó los libros en la mesa y exhaló un largo suspiro antes de sentarse. Sus dedos jugaron un momento con el canto de sus libros de clase.

—Nunca conseguiré acabar con todo este trabajo —dijo.

Abrió el manual de Geografía, tomó un cuaderno y se quedó un momento inmóvil ante la primera página en blanco. Con grandes letras mayúsculas, escribió a todo lo ancho:

APROVECHA EL DÍA PRESENTE.

—¿Aprovechar el día presente? Es muy bonito, pero, ¿cómo?

Con un nuevo suspiro de cansancio, arrancó la hoja, hizo con ella una bola entre las manos y la tiró a la papelera. Luego, resignado, se sumergió en el libro de Geografía.

—¿Listo, Overstreet? —preguntó el profesor Hager entrando en la sala de honor, donde Knox Overstreet estaba contemplando otra vez las fotografías de los antiguos alumnos de Welton.

—Listo para el sacrificio —respondió el adolescente, siguiendo a Hager hasta la vieja limusina de la escuela, estacionada delante de la escalinata.

El adolescente aspiraba por la ventanilla abierta las vivificantes emanaciones de la tierra negra y húmeda. La tibieza del aire se acentuaba con los colores amarillentos y ámbar del otoño.

—Es bonito cuando los árboles cambian de color, ¿verdad, señor Hager?

—¿Sí? Ah, los colores... Sí, sí.

Unos minutos después, el señor Hager detenía el automóvil ante la imponente mansión de estilo colonial donde vivía la familia Danburry.

—Gracias por el paseo, señor Hager. —Knox sonrió—. Los Danburry dijeron que ellos me llevarían al colegio.

—A las nueve como más tarde, ¿entendido?

—Cuente con ello, señor.

Mientras los neumáticos de la pesada genoveva crujían sobre la grava, el adolescente, lleno de aprensión, subió los tres escalones que llevaban a la puerta del gran edificio. Llamó y dirigió un último gesto de despedida con la mano al profesor Hager. Se ajustó distraídamente el nudo de la corbata.

La puerta se abrió y Knox se quedó sin voz. Rubia como un ángel, una adorable muchacha acababa de aparecer en el dintel. Debía de ser apenas un poco mayor que él y llevaba una encantadora faldita de tenis que realzaba sus mus-

los estilizados y tan dorados como su pelo.
—Buenas noches —dijo la muchacha con voz musical.
Sus ojos azules parecían sonreírle. Knox estaba petrificado.
—Ah... Buenas noches —acabó balbuceando.
—¿Quieres ver a Chet?
No contestó, y siguió devorándola con los ojos, conmocionado por la gracia y firme redondez de su silueta.
—Chet —repitió ella, riendo—. ¿Vienes a ver a Chet?
—¿La señora Danburry?
En ese momento, una señora de cierta edad asomó la cabeza por la puerta entreabierta. La chica se echó a reír y echó a correr hacia la escalera.
—Entre, Knox —dijo la señora Danburry—. Le estábamos esperando.
Knox entró en el vestíbulo, pero sus ojos seguían clavados en las piernas desnudas y la faldita blanca que subían los escalones de cuatro en cuatro.
La señora Danburry le precedió al entrar en una amplia biblioteca con las paredes forradas con madera oscura. Hundido en un sillón de cuero junto a la chimenea, un hombre de unos cuarenta años, vestido con sobriedad pero con elegancia, leía el periódico mientras fumaba una pipa.
—Joe —dijo la señora Danburry—. Ha llegado Knox.
Abandonando su lectura, el señor Danburry exhibió una amplia sonrisa y fue hasta el muchacho, tendiéndole la mano en un caluroso saludo.
—Encantado de conocerte, Knox. ¿Cómo estás?
—Encantado —respondió el adolescente, cuyos pensamientos habían ido tras la muchacha.
—Eres el vivo retrato de tu padre. ¿Cómo está el viejo truhán?
El señor Danburry sirvió un vaso de jugo de frutas y se lo tendió a Knox.
—Bien. Acaba de ganar un pleito importante para la «General Motors».

—Estupendo. Algo me dice que tu carrera ya está totalmente decidida. De tal palo, tal astilla, ¿no es verdad?

Joe estalló en una gran carcajada, tan corta como sonora. Knox, por su parte, se contentó con una sonrisa cortés.

—¿Has conocido a nuestra hija Virginia?

—¡Oh! ¿Era su hija? —dijo Knox, de repente más interesado.

Señaló con un dedo la escalera.

—¡Virginia! ¡Ven a saludar! —llamó la señora Danburry.

Una chica de unos quince años, de una belleza un tanto insípida, se levantó tras un diván que había en un rincón de la estancia. Libros y cuadernos llenos con una escritura aplicada estaban esparcidos por el suelo a su alrededor.

—Prefiero que me llamen Ginny —dijo sonriendo con timidez—. Buenas noches.

—Buenas noches —repuso Knox.

Pero sus ojos no se entretuvieron gran cosa en la muchacha; la escalera seguía atrayendo toda la atención de Knox. En el último escalón aún se veían los finos tobillos de la bella desconocida. Oyó una risa ahogada.

—Pero siéntate, no te quedes de pie —invitó el señor Danburry, indicándole un confortable sillón de cuero—. ¿Te ha hablado tu padre del asunto que ganamos los dos juntos?

—¿Perdón? —dijo Knox con voz ausente.

Las piernas doradas bajaban la escalera junto a un pantalón de golf. A medida que iba siendo visible su ocupante, Knox sentía crecer en él un odio franco y cordial por aquel guapo muchacho con aspecto de atleta cuya forma de andar, con las piernas separadas y con la cabeza balanceándose de derecha a izquierda, delataba fatuidad.

—¿No te lo ha contado? —repitió el señor Danburry riendo.

—Oh, pues no...

La joven pareja entró en la estancia mientras el señor Danburry empezaba a contar la anécdota.

—Estábamos de veras en un buen brete. Un verdadero atolladero. Yo estaba seguro de que iba a perder el asunto más importante de mi carrera. Y entonces tu padre se reúne conmigo para decirme que podría llegar a un arreglo, con la condición de que yo le cediese los honorarios que había pagado ya nuestro cliente. ¡Señor, qué rostro!

El señor Danburry se golpeó el muslo con la palma de la mano.

—¿Sabes lo que hice?
—¿Sí? ¿Qué? ¡Oh! No...
—¡Pues firmar, y firmar con las dos manos! Estaba tan frenético que le di todos mis honorarios en bandeja.

Knox simuló compartir la hilaridad del señor Danburry, aunque sin dejar de echar furtivas ojeadas hacia la pareja que seguía en el umbral.

—Papá, ¿puedo coger el «Buick»? —preguntó el muchacho.

El rostro del señor Danburry se ensombreció de inmediato.

—¿Es que no funciona tu automóvil? Y, además, ¿qué pasa con tus modales? Knox, éstos son mi hijo Chet y su amiga Chris. Os presento a Knox Overstreet.

—Ya nos hemos saludado —dijo Knox, mirando a la muchacha—. En fin, casi.

—Sí —dijo la chica, sonriendo.

—Hola —dijo Chet, quien evidentemente se interesaba tanto por él como por una reedición de *El ser y la nada*.

La señora Danburry se levantó.

—Perdónenme un momento. Voy a ver si la cena está lista.

—Vamos, papá. ¿Por qué haces siempre de esto un problema?

—Porque te he comprado un coche deportivo y de repente te empeñas en conducir el mío.

—La madre de Chris se siente más segura cuando vamos con el «Buick». ¿No es verdad, Chris?

Le lanzó una sonrida que hizo que la chica enrojeciese.

—No tiene ninguna importancia —dijo ella.

—Al contrario, tiene mucha. Vamos, papá...

Joe Danburry salió de la estancia. Su hijo Chet fue tras él, abogando por su causa.

—Vamos, si no vas a usar el «Buick» esta noche, no veo dónde está el problema.

Mientras la discusión seguía en el vestíbulo, Knox, Ginny y Chris se encontraron solos, un poco molestos, en la biblioteca.

—Ejem... ¿A qué colegio vas? —preguntó Knox para llenar el silencio.

—A Ridgeway High. ¿Te diviertes en Henley Hall, Ginny?

—No está mal.

—Es el equivalente de Welton para chicas, ¿verdad?

—Más o menos —repuso Knox.

—Ginny, ¿participarás en la obra de Henley Hall?

Se volvió a Knox para explicárselo.

—Este año harán *El sueño de una noche de verano*.

—Quizá —dijo Ginny encogiéndose de hombros.

Silencio otra vez.

—¿Cómo has conocido a Chet?

Las dos chicas miraron a Knox con sorpresa.

—Bueno..., en fin..., quiero decir...

—Chet juega en el equipo de fútbol de Ridgeway High, y yo soy *cheerleader*. Iba a Welton, pero se lo cargaron en los exámenes.

Se volvió hacia Ginny.

—Deberías de actuar en la obra, Ginny. Estoy segura de que serías una actriz muy buena.

Ginny bajó los ojos tímidamente. Chet volvió a aparecer en la puerta.

—Bueno, Chris, ya está —dijo, victorioso—. Ya tengo el coche. Vamos allá.

—Encantada de conocerte, Knox. —Chris sonrió una vez más al salir de la estancia, cogida de la mano de Chet—. Hasta la vista, Ginny.

—Encantado de conocerte, Chris —murmuró el adolescente.

Y ella desapareció con una media vuelta que hizo revolotear su faldita blanca. Knox se quedó un momento sin habla.

—¿Nos sentamos mientras esperamos la cena? —sugirió Ginny cuando se quedaron solos.

Hubo un nuevo silencio embarazoso.

—Chet quiere el coche grande sólo para besuquear a Chris —dijo la chica de repente.

Y enrojeció ligeramente, preguntándose por qué habría dicho eso. Entre la trama de la cristalera, Knox vio a Chet y a Chris que se dirigían hacia el «Buick». Se dieron un largo beso en la noche azul. Knox sintió la hoja afilada de los celos traspasarle el corazón.

Dos horas más tarde, Knox entraba vacilante en el estudio de la habitación, donde Neil, Cameron, Meeks, Charlie y Pitts estaban dándole a las Matemáticas. En una mesa del fondo, Pitts y Meeks montaban un receptor de radio. Knox se derrumbó en un viejo sofá con la tapicería de cuero gastada.

—¿Cómo ha ido tu cena? —preguntó Charlie—. Parece que te hayan apaleado.

—Es terrible —gimió Knox—. ¡Horroroso!

—Pues, ¿qué te pasa?

—Acabo de conocer a la chica más guapa que he visto nunca.

Neil se levantó de un salto y se lanzó al sofá.

—Estás loco. ¿Qué tiene eso de horroroso?

—Está prácticamente prometida con ese gran bruto de Chet Danburry.

—¡Mala suerte!

—¡Mala suerte! ¡Es una tragedia! ¿Por qué tiene que estar enamorada de un retrasado como ése?

—A las chicas les gustan más los retrasados, ya se sabe —dijo Meeks—. Olvídala. Saca el libro de Trigonometría y hazme el problema doce; te calmará los nervios.

—No puedo olvidarla, Meeks. ¡Y ahora no tengo la cabeza para Matemáticas!

—¡Al contrario! Tu ánimo ya se ha salido por la tangente, de manera que haces Trigonometría sin saberlo.

—¡Meeks! —dijo Cameron meneando la cabeza—. Ésta es verdaderamente floja.

—Lo siento, a mí me parecía más bien divertida.

Knox se levantó y empezó a pasear por la habitación.

—¿De veras creéis que debería olvidarla?

—¿Es que tienes elección?

Knox cayó de rodillas ante Pitts, en la postura del amante extasiado.

—Eres mi único amor, Pittsie —declamó—. Un día sin verte y el mundo ya no tiene sentido.

Pitts le rechazó de un empujón y Knox se dejó caer en una silla.

—Vamos, basta por hoy —decidió Meeks—. Guardemos nuestra energía para mañana.

—Ahora que caigo, ¿dónde está Todd? —preguntó Cameron.

—Dijo que prefería trabajar la Geografía.

—Vamos, Knox —concluyó Cameron—. No te vas a morir. Además, ¿quién sabe? Quizás encuentres un medio para conquistar su corazón. Recuérdalo: recoged ahora las rosas de la vida.

Knox sonrió y luego siguió a sus compañeros hacia el dormitorio, sin dejar de soñar con la dulce cara de la hermosa Chris.

El lunes por la mañana, la clase encontró al señor Keating columpiándose en una silla detrás de su mesa. Parecía inmerso en sus pensamientos.

—Señores —dijo cuando el timbre anunció el principio de la clase—, abran la antología de textos en la página veintiuna de la introducción. Señor Perry, tenga la bondad de leer en voz alta e inteligible el primer párrafo del prefacio titulado «Comprender la poesía».

Hubo un ruido de páginas al volverse, y luego todos escucharon la lectura de Neil.

—«Comprender la poesía», por el profesor J. Evans Pritchard, doctor en Letras. «Para comprender la poesía en primer lugar hay que familiarizarse con la métrica, el ritmo y las figuras estilísticas. A continuación hay que hacerse dos preguntas. En primer lugar: ¿el tema del poema está tratado con arte? En segundo lugar: ¿cuál es la importancia y el interés de este tema? La primera pregunta atañe a la perfección formal del poema; la segunda, a su interés. Cuando se hayan contestado estas dos preguntas, resultará relativamente fácil determinar la calidad global del poema. Si se anota la perfección del poema en la línea horizontal de un gráfico y su importancia en la vertical, el área conseguida de esta manera por el poema nos da la medida de su valor. Así, un soneto de Byron podrá obtener una nota alta en la vertical, pero una nota mediocre en la horizontal. Por el contrario, un soneto de Shakespeare recibirá una puntuación muy alta tanto en la vertical como en la horizontal, cubriendo entonces una amplia superficie, lo que demostrará la alta calidad de la obra en cuestión...»

Mientras Neil leía, Keating, con una tiza en la mano, se había acercado sin hacer ruido a la pizarra, donde, para ilustrar las palabras del señor Pritchard, se puso a trazar un gráfico uniendo ordenadas y abscisas para mostrar que el soneto de Shakespeare superaba ampliamente el soneto de Byron. En la clase, muchos alumnos copiaban cuidadosamente el diagrama en sus cuadernos. Neil terminó su lectura:

«...Al leer los poemas de esta antología, pongan en práctica este método. Cuanto más sepan establecer una valoración por este procedimiento, mejor podrán comprender y por tanto apreciar la poesía.»

Neil se detuvo al final del párrafo. Keating se quedó un momento en silencio, como esperando a que sus alumnos hubiesen asimilado la lección. Luego se acercó a la primera fila para hacer frente a la clase.

—¡Ex-cre-men-to! —declaró de repente separando las sílabas.

Los chicos se sobresaltaron y le miraron sin comprender.

—¡Ex-cre-men-to! —repitió Keating con más energía—. ¡Basura! ¡Memez! ¡Falsedad! ¡Esto es lo que pienso del ensayo del señor Pritchard! ¡Señores, les pido que arranquen esta página de sus libros!

En la clase hubo un intercambio de miradas incrédulas. No sabían qué mosca le había picado a su profesor.

—¡Vamos, señores! ¡Arránquenla! ¿No me han oído?

Los chicos estaban pasmados, horrorizados ante la idea de ese acto blasfematorio. Más atrevido, Charlie acabó por arrancar la página de su antología.

—Gracias, señor Dalton —dijo Keating—. Vamos, los demás, un poco de valor. ¡No arderán en el infierno por tan poco! Y ya que están ustedes en ello, ¡háganme el favor de romper toda la introducción! ¡A la papelera el profesor J. E. Pritchard!

Finalmente liberados por el ejemplo de Charlie, los alumnos se lanzaron con todas sus ganas, arrancando a más y mejor las primeras páginas del manual y haciéndolas volar por encima de sus cabezas. Keating fue a buscar una papelera que había en un rincón para recoger los papeles.

Este caos le llamó la atención al profesor de Latín, el señor McAllister, que pasaba por el corredor. Pegando su cara de bulldog al cristal de la puerta, vio un espectáculo de horror y la sangre se le heló en las venas. Abriendo la puerta con brusquedad, entró de un salto en la clase.

—¿Qué es este escándalo? —tronó.

Llamada brutalmente al orden, la clase entera se quedó

inmóvil. Pero McAllister vio entonces a Keating, con una papelera llena en la mano.

—Oh, por favor, perdone, no sabía que estaba usted aquí, señor Keating.

—Pues ya ve que estoy —dijo éste con una sonrisa imperturbable.

Perplejo, McAllister giró sobre sus talones y volvió a cerrar la puerta con suavidad.

Keating volvió a su tarima y dejó la papelera en el suelo. Dio un salto con los pies juntos, desencadenando un nuevo acceso de risas. Los ojos de Keating brillaban. Pisó las páginas arrugadas y luego, de una patada, envió la papelera a un rincón.

—Estamos comprometidos en una batalla, señores. ¿Qué digo, una batalla? ¡Es la guerra! Ustedes, jóvenes almas llegadas a un momento crucial de su desarrollo, serán triturados, aplastados por la apisonadora del academicismo, y el fruto perecerá antes incluso de nacer, o triunfarán y entonces podrá florecer su individualidad.

»No teman, aprenderán lo que este colegio exige que sepan; pero, si puedo completar mi tarea, aprenderán aún bastante más. Por ejemplo, descubrirán el placer de las palabras; porque, pese a todo lo que les hayan podido decir, las palabras y las ideas tienen el poder de cambiar el mundo.

Keating se puso otra vez a recorrer la clase.

—Veo en los ojos del señor Pitts que la literatura del siglo XIX puede que esté muy bien, pero que eso no es de utilidad ninguna para la medicina o el comercio. Cree que deberíamos dedicarnos a estudiar a nuestro Pritchard, asimilar las reglas de la métrica y reservar nuestra energía para otras ambiciones más arraigadas en la Tierra.

Keating se acuclilló en el centro del pasillo.

—Acérquense, señores; hay un secreto que quiero confiarles.

Los alumnos de la fila de fuera se levantaron y se inclinaron por encima de sus compañeros para formar un círculo alrededor de su profesor. Cuando ya todos estaban tensos por la espera, Keating tomó la palabra, en voz baja, en tono confidencial.

—Se escribe y se lee poesía, no porque sea bonita, sino porque formamos parte de la Humanidad. Se escribe y se lee poesía porque los seres humanos son seres con pasiones. La Medicina, el Derecho, el comercio, son nobles actividades, necesarias todas ellas para mantenernos con vida. Pero la poesía, el amor, la belleza, ésa es nuestra razón de ser. Citando a Whitman:

*¡Oh, yo! ¡Oh, vida! Todas estas cuestiones
que me asaltan
Estos cortejos sin fin de incrédulos
Estas ciudades pobladas por idiotas
¿Qué hay de bueno en todo esto, oh, yo, oh, vida?
Respuesta
Que tú estás aquí —que la vida existe, y la identidad,
que el prodigioso espectáculo sigue,
y que, quizá, contribuyes a él con tu rima.*

Keating se calló. La clase quedó en silencio, interiorizando el poema. Keating repitió entonces con voz inspirada:
«Que el prodigioso espectáculo sigue
y que, quizá, tú contribuyes a él con tu rima.»
Todas las miradas estaban fijas en su semblante.
—¿Cuál será la rima de ustedes? —preguntó entonces, mirándoles uno por uno—. Díganme, señores, ¿cuál será su rima?

Siguió un silencio. La pregunta se cernía en la sala y repercutía hasta el infinito en el corazón de los adolescentes.

CAPÍTULO VI

McAllister tomó una silla y se sentó junto a Keating en la gran mesa de los profesores.
—¿Me permite? —dijo, sentándose.
—Por favor —le respondió Keating.
La sala resonaba con tintineo de los cubiertos y los vasos. En un nivel un poco más bajo, los alumnos comían alrededor de una veintena de grandes mesas de madera de roble.
—Muy interesante su clase de esta mañana —empezó McAllister con un deje de sarcasmo.
—Lo siento si le ha ofendido.
—Oh, no se disculpe. En realidad era apasionante, incluso aunque esté usted equivocado.
Keating enarcó las cejas.
—¿Equivocado?
McAllister meneó la cabeza con aire doctoral.
—Indiscutiblemente. Corre usted un gran riesgo animán-

doles a convertirse en artistas. Cuando comprendan que no son ni Rembrandt, ni Shakespeare, ni Mozart, entonces le odiarán.

—Se equivoca usted, Georges; no se trata de hacer de ellos artistas. Yo quiero forjar espíritus libres.

McAllister hizo como que se echaba a reír.

—¡Filósofos a los diecisiete años!

—Es curioso, nunca hubiese imaginado que era usted un cínico —dijo Keating antes de tomar un sorbo de té.

—Cínico no, amigo mío —replicó el profesor de Latín—. Realista. Muéstreme usted un corazón liberado del peso vano de los sueños y yo le mostraré a un hombre feliz.

—El hombre nunca ha sido tan libre como cuando sueña —replicó Keating—. Ésa fue, es y seguirá siendo la verdad.

McAllister frunció el ceño por efecto de un intenso esfuerzo de la memoria.

—¿Es eso Tennyson?

—No... Es Keating.

McAllister correspondió a la sonrisa maliciosa de Keating y los dos se pusieron a comer con apetito.

En ese mismo momento entró Neil Perry en el comedor y se dirigió a largos pasos hacia la mesa donde estaban sentados sus compañeros de clase.

—¡Mirad lo que he descubierto! —les susurró con entusiasmo—. Es el anuario de su último año en Welton.

Con un gesto de la cabeza, Neil señaló hacia su nuevo profesor de Literatura, que estaba conversando con McAllister. Abrió el anuario y leyó:

—Capitán del equipo de fútbol, redactor jefe del anuario, va a Cambridge, mujeriego, Club de los Poetas Muertos.

Los demás trataron de hacerse con el libro, pero Neil fue más rápido.

—¿Mujeriego? —repitió Charlie riendo—. El señor Keating era una buena pieza. Un punto para él.

—¿Qué es eso del Club de los Poetas Muertos? —preguntó Knox.

—¿Hay una foto del grupo en el libraco ese?
—No, ninguna —respondió Neil—. Ese Club de los Poetas no se menciona en ninguna otra parte.

Charlie le dio un golpe con el pie.

—Nolan —susurró.

Al acercarse el decano, Neil le pasó el anuario por debajo de la mesa a Cameron, y éste se apresuró a pasárselo a Todd, que le miró un momento sin comprender antes de esconder el libro.

—Bien, señor Perry, ¿todo bien en clase? —inquirió el señor Nolan deteniéndose junto a su mesa.

—Sí, señor.

—¿Y el señor Keating? ¿Es interesante?

—Sí, señor. Precisamente estábamos hablando de él.

—Muy bien, muy bien. Estamos verdaderamente encantados de tenerle con nosotros. Es un hombre muy brillante, como saben.

Los chicos asintieron cortésmente con la cabeza. Cuando el señor Nolan se hubo alejado, Todd abrió el anuario sobre sus rodillas y lo estuvo hojeando hasta el final de la comida.

—He de devolverlo a la biblioteca —dijo Neil levantándose de la mesa.

—¿Qué vas a hacer ahora?

—Investigaré un poco sobre esos Poetas Muertos.

Después de la última clase del día, el grupo volvía tranquilamente hacia el dormitorio cuando vieron al señor Keating que cruzaba el campus a buen paso, con un abrigo oscuro y una bufanda, y con un montón de libros bajo el brazo.

—¡Señor Keating! —llamó Neil—. ¡Profesor! ¡Oh, Capitán! ¡Mi Capitán!

Con esta última interpelación, Keating se detuvo en seco y se volvió; los chicos apretaron el paso para reunirse con él.

—¿Qué era el Club de los Poetas Muertos? —preguntó Neil.

Keating pareció sorprendido.

—Estábamos mirando un antiguo anuario, y...
—No hay que avergonzarse por tener un espíritu curioso.

Los chicos esperaron una explicación, pero el profesor no dijo nada más.

—¿Qué era? —insistió Neil.

Keating miró a su alrededor como para asegurarse de que unos oídos indiscretos no pudiesen oírle.

—Una organización secreta —susurró—. Y, si quieren conocer mi opinión, dudo mucho que la actual administración vea la cosa con buenos ojos.

Sus ojos escrutaron el campus. Los chicos contuvieron la respiración.

—¿Juran guardar el secreto?

Se apresuraron a decir que sí con la cabeza.

—El Club de los Poetas Muertos era una sociedad cuyos miembros tenían como objetivo sacarle todo el jugo a la vida. Abríamos las sesiones con esta expresión de Thoreau. Éramos un grupito de gente; nos reuníamos en la vieja cueva india y, por turno, leíamos a Shelley, a Thoreau, a Whitman, o nuestros propios versos; y, con el encanto del momento, esos poetas ejercían su magia sobre nosotros.

Los ojos de Keating se animaron con este recuerdo.

—¿Quiere usted decir que sólo era un grupo de gente que leía poemas? —se sorprendió Knox.

Keating sonrió.

—Estaban invitados los dos sexos, señor Overstreet. Y, créame, no se trataba sólo de leer... Las palabras eran como néctar que hacíamos fluir en nuestras bocas con delectación. Las mujeres se desmayaban, los espíritus se elevaban... Los dioses nacían con nuestros ensalmos.

Los chicos se quedaron mudos.

—¿Por qué ese nombre? —preguntó Neil una vez más—. ¿Es porque leían ustedes a los poetas antiguos?

—Toda poesía se aceptaba y era bienvenida, señor Perry. El nombre era una alusión al hecho de que para formar parte del Club, había que morir.

—¿Cómo? —exclamaron los muchachos a coro.
—Los vivos no eran más que novicios. El estatuto de miembro de pleno derecho sólo se podía conseguir después de una vida de aprendizaje. Ya ven, yo no estoy aún más que en grado de iniciado.

Los chicos intercambiaron miradas sorprendidas.

—La última reunión tuvo lugar hace quince años —recordó Keating.

Después de una última mirada a su alrededor, el profesor se despidió y se alejó con su paso decidido.

—El Club de los Poetas Muertos —repitió Neil, viéndole desaparecer.

En ese momento sonó el timbre de la cena.

—¿Y si fuéramos esta noche a dar una vuelta por esa cueva? —dijo Neil—. ¿Os apuntáis?

—Ni siquiera sabemos dónde está.

—Sí, hombre; está después del río. Creo que podría encontrarla.

—Eso está a kilómetros de distancia —se quejó Pitts, a quien la idea de tal esfuerzo físico ya le tenía agotado.

—Además, está en el bosque —protestó Cameron, a quien le horrorizaba aún más la idea de cometer una infracción del reglamento.

—Pues no vengas —replicó Charlie.

—Corremos el riesgo de que nos pongan una falta —dijo Cameron, mostrando lo que pensaba para sí.

—Pues no vengas —repitió Charlie—. Así estaremos más a gusto.

El miedo a verse excluido del grupo le decidió.

—Lo que quiero decir es que hay que tener cuidado. No tenemos que dejar que nos descubran.

A lo lejos sonó la voz de Hager, llamando a los rezagados.

—¿Quién está de acuerdo? —preguntó Neil.

—¡Yo! —dijo inmediatamente Charlie.

—Yo también —dijo Cameron, con reticencia.

Los otros dudaban y bajaron los ojos ante la mirada insistente de Neil.

—Bueno, no sé...

—Además, está Hager, que nos vigila.

—Vamos, Pitts...

—Pitts tiene que empollar —intervino Meeks, saliendo en su defensa.

—Así que tendrás que ayudarle.

—¿Es que ahora se empolla de noche? —dijo Pitts.

—Último aviso —bramó Hager—. Ha sonado el timbre.

El grupo se dirigió al trote corto hacia el refectorio.

—Bueno, Pitts, tú vienes —decidió Neil—. Meeks, no me dirás que para ti es un problema tu nota media.

—Está bien —dijo el interesado—. Después de todo, creo que hay que haberlo probado todo al menos una vez.

—Menos las chicas —bromeó Charlie—. ¿No es verdad, Meeks, viejo amigo?

El rostro de Meeks se ruborizó con las risas de sus compañeros.

—¿Y tú, Knox?

—No lo sé. No le veo el interés.

—Vamos —le exhortó Charlie—; piensa que eso te ayudará a conquistar a Chris.

—Ah, ¿sí? Y ¿cómo?

—¿No has oído lo que ha dicho Keating? Que las mujeres se desmayaban...

—Y ¿por qué se desmayaban? Charlie, contéstame, por favor. ¿Por qué se desmayaban?

Como toda respuesta, Charlie se echó a reír y entró en el refectorio, dejando a Knox perplejo en la puerta.

Después de cenar, Neil fue a reunirse con Todd, que estaba trabajando tranquilamente en la sala de estudios.

—Estás invitado esta noche a la reunión del Club —le susurró a su compañero de habitación.

Había recordado que a nadie se le había ocurrido advertirle de su expedición nocturna.

—No debes esperar siempre a que los demás den el primer paso —le reconvino amablemente—. Recuerda que aquí nadie te conoce y que, además, tú no eres muy hablador.

—Gracias; eres muy amable, pero id sin mí.

—¿Por qué? ¿Cuál es el problema?

—Yo... No tengo ganas de ir, eso es todo.

—Pero ¿por qué? ¿Es que no comprendes lo que dice Keating? ¿No tienes ganas de hacer la prueba?

Neil volvió la página de su libro al ver acercarse al jefe de estudios, que observaba a los dos chicos con mirada de sospecha.

—Sí —dijo Todd cuando el vigilante hubo pasado—. Pero...

—Pero ¿qué, Todd? A mí puedes decírmelo.

Todd bajó los ojos.

—No quiero leer.

—¿Cómo?

—Keating dijo que todo el mundo tenía que leer. Y yo no quiero.

—Tienes un problema de veras, ¿no? ¿Cómo puede eso molestarte?

—No puedo explicártelo, Neil. No quiero leer, y eso es todo.

Neil recogió sus notas con impaciencia. Se le ocurrió una idea.

—¿Y si no tuvieses que leer? ¿Y si sólo tuvieses que estar allí y escuchar?

—No es así como funcionan las cosas. Si voy, querrán que lea.

—Pero ¿y si están de acuerdo en decir que no estás obligado?

—¿Habría que pedírselo...? —dijo Todd enrojeciendo—. Nunca podría.

—¿Por qué no? —dijo Neil levantándose bruscamente—. Vuelvo en seguida.

—¡Neil!

Todd trató de retenerle por la manga, pero el vigilante le dejó clavado en el asiento con una mirada feroz.

Neil se había ido ya. Todd hundió la nariz en su libro de Historia y se puso a garrapatear unas notas en su cuaderno.

CAPÍTULO VII

Neil conspiraba en voz baja junto con Charlie y Knox en el pasillo del dormitorio. A su alrededor, los tradicionales preparativos de la noche estaban en su punto culminante. Los chicos, con pijamas claros y batas a cuadros, se entrecruzaban camino del cuarto de baño interpelándose alegremente, con el estuche de arreglarse o una almohada en la mano. Neil se echó la toalla sobre el hombro como para subrayar una decisión, le dio una palmada en la espalda a Knox y volvió a su habitación. Al extender la toalla húmeda en el respaldo de la silla, vio sobre la mesa un libro que estaba seguro de no haber dejado allí.

Tras un momento de duda, Neil tomó el libro con curiosidad y consideró un momento sus cantos gastados y la vencida encuadernación. *Antología poética*, decían en la cubierta unas letras grabadas con el dorado borrado casi por completo. Levantó el libro con precaución y, en la primera página, escrito con pluma y tinta negra, vio el nombre de «J.

Keating». Bajo la firma, Neil descifró en voz alta: «Club de los Poetas Muertos; para leer al principio de cada sesión.» Se tendió en la cama y empezó a hojear el viejo volumen mientras que en el corredor el zafarrancho iba cediendo progresivamente. Pronto se oyó cerrarse la última puerta y luego se apagaron las luces.

Poco después, las zapatillas del viejo Hager, el vigilante del dormitorio, se deslizaban por el parquet. Hacía su ronda, como cada noche, asegurándose de que reinaba la calma antes de regresar a sus lares. Neil contuvo la respiración cuando los pasos se detuvieron un momento a la altura de su puerta. Pero Hager volvió a su paseo en seguida.

En plena noche, cuando estuvieron seguros de que el campus estaba sumergido en el más profundo sueño, los chicos bajaron a paso de lobo la gran escalera, abrigados con abrigos y guantes de lana. Algunos llevaban linternas y sus haces describían círculos luminosos a sus pies.

Brotando de repente de un rincón, el perro guardián del colegio les sobresaltó.

Pero, felizmente para ellos, Pitts había pensado en todo.

—Perro bonito —susurró, dándole al animal un puñado de galletas.

—Has tenido una gran idea —le felicitó Neil.

Sin embargo, el ruido había alertado al viejo Hager, que asomó a la puerta de su habitación, con gorro y camisa de dormir. Aguzó el oído, miró a derecha e izquierda, pero, al no detectar el menor signo de vida, decidió volver al calor de sus mantas.

Los chicos habían dejado al perro disfrutando de su inesperada comida y corrían ya con toda su alma hacia el río, saltando entre las altas hierbas. Llevaban puestas las capuchas de sus capotes, de forma que quienquiera les viese galopar de esa manera les hubiese tomado sin duda por una cofradía de monjes en estampida o por un puñado de duendes recorriendo la campiña. A su espalda se perfilaba la masa sombría del colegio: pero eso a ellos no les preocupaba gran cosa. Las estrellas brillaban sobre sus cabezas mostrándoles el camino. La excitación henchía sus corazones y el aire frío estimulaba su valor.

Pronto dejaron atrás los límites del campus y se hundieron decididamente en la oscuridad de un bosque de grandes pinos cuyos gigantescos troncos se alzaban como las columnas de una catedral. Un fuerte olor a resina y humus les inundó la nariz. El viento que soplaba entre las ramas tenía los acentos lúgubres de un órgano, a los que respondía de vez en cuando el ulular de una lechuza.

Cuando ya habían franqueado el río saltando de piedra en piedra, se desplegaron en abanico para buscar la cueva entre la maleza, las rocas y las raíces de los grandes árboles.

—Casi hemos llegado —dijo Knox.

—Ooooh. Soy el fantasma de los Poetas Muertos —gritó de repente una sombra surgida de la nada.

Meeks lanzó un grito de terror.

—Eso es una mala pasada —dijo al ver que era Charlie.

—He encontrado la cueva —dijo éste—. Ya estamos en casa, amigos.

Todos los chicos entraron por la abertura después de recoger matas y ramas para encender un fuego. A costa de grandes esfuerzos, el fuego acabó prendiendo, proyectando en las paredes sombras movedizas y desmesuradas. Una grieta que había en la bóveda dejaba escapar el humo. Los chicos hablaban en voz baja, como si acabasen de entrar en un santuario.

—Declaro nuevamente instituido el Club de los Poetas Muertos de Welton —declamó finalmente Neil.

El anuncio fue acogido con gritos de alegría.

—Las sesiones serán presididas por mí mismo o por uno de los iniciados presentes aquí —siguió Neil—. Todd Anderson, que está dispensado de la lectura, levantará acta de cada reunión. Como determina la tradición, leeré ahora el manifiesto redactado por uno de nuestros miembros distinguidos, Henry David Thoreau.

Neil abrió el libro que le había hecho llegar Keating y empezó a leer.

—«Me fui a los bosques porque quería vivir sin prisa. Quería vivir intensamente y sorberle todo su jugo a la vida.»

—¡Bien dicho! —interrumpió Charlie.

—«Abandonar todo lo que no era la vida, para no descubrir, en el momento de mi muerte, que no había vivido.»

Había pronunciado las últimas palabras más despacio, como si de repente hubiese penetrado su significado. Los demás se habían callado. La invocación acababa de abrir el círculo mágico.

—Novicio Overstreet, a usted le corresponde ahora el honor —dijo Neil.

Le tendió la antología, y Knox la hojeó un momento antes de leer.

—«El que avance con confianza en la dirección de sus sueños, conocerá un éxito inesperado en la vida ordinaria.» ¡Hurra! —exclamó Knox—. ¡Quiero conocer el éxito con Chris!

Charlie le quitó el libro.

—Knox, me parece que confundes esto con una broma vulgar —le reprochó antes de aclararse ruidosamente la voz.

Existe el sublime amor de una muchacha
y el amor de un hombre maduro y justo
y el amor de un niño sin miedo
todos ellos han existido en todos los tiempos
pero el amor más maravilloso
el amor de todos los amores,
más grande aún que el amor a una madre
es el amor infinito, tierno y apasionado,
de un borracho por otro borracho.

—Autor anónimo —concluyó Charlie riendo.

Pitts recibió el libro en sus manos.

«Aquí yace mi mujer; no la molestéis. Ella descansa en paz... y yo también.»

Los chicos rieron a mandíbula batiente.

—John Dryden, 1631-1700. No sabía que esta gente tuviese sentido del humor.

Pitts le tendió la antología a Todd, que le miró sobresaltado. Neil vio su confusión y se hizo con rapidez con el volumen. Charlie se lo quitó.

> *¿Enseñarme el arte del amor?*
> *Tendrás que mostrar mejor ánimo;*
> *porque soy erudito en la materia*
> *y el Dios del Amor, el improbable Cupido,*
> *sin duda sacaría provecho de mis lecciones.*

Esta presunción fue acogida con risitas.
—Vamos, muchachos, seamos serios —dijo Neil.
Entonces le tocó el turno a Cameron.

> *Somos los hacedores de música*
> *y los soñadores de sueños*
> *errantes por los rompientes solitarios*
> *sentados al borde de los arroyos desolados*
> *pobres cervatillos retirados del mundo*
> *y sobre los que brilla la luna pálida;*
> *y sin embargo agitamos y estremecemos*
> *el mundo, hasta el infinito, al parecer*
> *con cantos sublimes e inmortales*
> *elevamos las grandes ciudades del mundo*
> *y con una fabulosa narración*
> *forjamos la gloria de un imperio:*
> *un solo hombre, seguro de su sueño,*
> *irá sin pesar a conquistar una corona;*
> *y tres, armados con un ritmo nuevo,*
> *pueden provocar la caída de un imperio.*
> *Porque somos nosotros, al hilo de los siglos,*

*en el pasado que ha huido de la tierra
quienes construimos Nínive con nuestros suspiros
y Babel sólo con nuestra alegría.*

—Amén —murmuró una voz.
—¡Calla! —dijeron los demás.
—Poema de Arthur O'Shaughnessy, 1844-1881.

Tras un corto silencio, Meeks tomó el libro y volvió unas páginas al azar.

—¡Eh! Oíd esto.

*En la noche que envuelve
negra como el infierno de un polo al otro
agradezco a los dioses, quienes quiera que sean,
mi alma indomable.*

—Es de W. E. Henley, 1849-1903.
—Vamos —cacareó Pitts—. ¿A quién le toca?

Le tocó a Knox buscar un poema para leerlo. Hojeó el libro un rato y al cabo exhaló un gemido de felicidad, como si Chris acabase de materializarse en la cueva.

«¿Que cuánto te quiero? Te amo desde lo más profundo de...» Charlie le quitó el libro de las manos.

—¡Tranquilo, Knox!

Los demás estallaron en carcajadas. La antología cayó en manos de Neil.

Los chicos se acercaron unos a otros alrededor del fuego, que iba perdiendo fuerza.

*Venid amigos míos
no es demasiado tarde para partir en busca
de un mundo nuevo
porque sigo teniendo el propósito
de bogar más allá del sol poniente
y si hemos perdido esa fuerza
que otrora movía el cielo y la tierra,*

> *lo que somos lo somos;*
> *corazones heroicos y del mismo temple*
> *debilitados por el tiempo y el destino,*
> *pero fuertes por la voluntad*
> *de buscar, luchar, encontrar, y no ceder.*

—Extracto del poema «Ulises», de Tennyson —concluyó.

Los chicos callaron, conmovidos por la lectura vibrante de Neil y por la ambiciosa empresa a la que les exhortaba el poeta.

Pitts abrió el libro al azar.

Con dos trozos de madera, empezó a marcar el ritmo.

> *Yo tenía una religión*
> *yo tenía una visión*
> *y vi el Congo*
> *serpentina de muaré*
> *que atravesaba la selva*
> *en un relámpago negro.*

Mientras Pitts leía, la imaginación de su auditorio se dejó llevar por el ritmo obsesivo del poema. Repitiendo los últimos versos escandidos, empezaron a bailar alrededor del fuego y a lanzar alaridos como guerreros africanos. Su danza crecía en intensidad y exuberancia. Meeks se había hecho con una vieja lata de conserva y marcaba el ritmo. Con el libro en la mano, Pitts llevó a la partida fuera de la cueva, y la loca zarabanda se hundió en la noche canturreando:

> *Y vi el Congo*
> *serpentina de muaré*
> *que atravesaba la selva*
> *en un relámpago negro.*

En trance, dieron vueltas alrededor de los grandes árboles, como en el rito iniciático de una fiesta pagana.

En la cueva, los últimos restos del fuego acabaron muriendo y la oscuridad rodeó a los Poetas Muertos. Jadeando, pusieron fin a su frenesí y en seguida se vieron agitados por estremecimientos de frío, aunque también de gozo.

—Será mejor volver —dijo por fin Charlie—. No olvidéis que dentro de unas horas empiezan otra vez las clases.

Anduvieron serpenteando por el bosque hasta un claro que se abría al campus de Welton.

—Triste regreso a la realidad —dijo Pitts mientras hacían un alto para contemplar los edificios de aspecto grave.

—Bien puedes decirlo —suspiró Neil.

Se dirigieron en silencio hacia el dormitorio, siluetas encapuchadas que iban al asalto del sombrío edificio. Abrieron el pestillo que cerraba la puerta de atrás y se deslizaron de puntillas hasta sus habitaciones.

Al día siguiente por la mañana, durante la clase de Literatura, los miembros de la loca partida nocturna pasaron todas las penas del infierno para reprimir sus bostezos y mantener los ojos abiertos. En cuanto al señor Keating, éste recorría la clase con sus pasos vigorosos.

—Un hombre no está muy cansado, está agotado o extenuado. Y no digan ustedes «muy triste», sino...

Hizo chasquear los dedos y apuntó a un alumno.

—¿Taciturno? —aventuró el muchacho.

—¡Bravo! —aprobó Keating—. El lenguaje se ha inventado por una sola y única razón, señores. ¿Cuál es?

Se inclinó hacia Todd, que estaba sentado en la primera fila. Pero como el chico parecía implorarle con la mirada, se volvió hacia Neil.

—¿Para comunicar, señor?

—Error. Para seducir a las mujeres. Y en esta empresa la pereza no tiene cabida. Ni tampoco lo tiene en sus redacciones.

Una explosión de risa agitó a la clase.

Keating cerró su libro, subió a la tarima y apartó un mapamundi que cubría en parte la pizarra. Apareció así una cita escrita con tiza, que Keating leyó en voz alta:

*Creencias y escuelas que han caído en la caducidad
cualesquiera que sean los riesgos
permito a la Naturaleza que se exprese sin freno
con su energía original.*

—Una vez más el tío Walt. Ah, pero qué difícil es escapar a esas creencias, a esas escuelas, condicionados como estamos por nuestros padres, por nuestras tradiciones, por la apisonadora del progreso. ¿Cómo expresar entonces nuestras auténticas naturalezas, como nos invita a hacerlo el padre Whitman? ¿Cómo deshacernos de los prejuicios, las costumbres, las influencias de toda especie? La respuesta, jóvenes y tiernos brotes, es que hay que esforzarse sin descanso por cambiar de punto de vista.

Para sorpresa de los chicos, que estaban escuchando con interés, el señor Keating saltó de repente sobre su mesa.
—¿Por qué me he subido aquí arriba?
—¿Para sentirse más alto? —dijo Charlie.
—No, mi joven amigo, no ha acertado usted. Me he subido sobre la mesa para recordarme a mí mismo que tenemos que modificar constantemente la perspectiva desde la que miramos el mundo. Porque el mundo es diferente visto desde aquí. ¿No me creen? Pues levántense y vengan a comprobarlo. Vamos, todos ustedes... Por turno.

Keating bajó de su atalaya. Todos los alumnos, a excepción de Todd, se apelotonaron en la tarima y fueron subiendo cada uno a su vez, a veces dos o tres juntos, sobre la mesa del profesor.
—Si tienen ustedes alguna certeza —prosiguió Keating mientras algunos volvían ya a su lugar—, entonces oblíguense a considerar la cuestión desde una perspectiva diferente, incluso aunque eso les parezca idiota o absurdo. Cuan-

do lean, no se limiten a lo que dice el autor, traten de analizar lo que ustedes experimentan.

»Tienen que hacer el esfuerzo de encontrar otro camino, señores, y cuanto más tarden en hacerlo menos posibilidades tendrán de alcanzar sus objetivos. Citando a Thoreau: «La mayoría de los hombres lleva una vida de tranquila desesperanza.» ¿Por qué resignarse a ello? Partan en busca de nuevas tierras. Y ahora, señores...

Keating se dirigió a la puerta. Los chicos volvían la cabeza para seguirle con la mirada. El profesor accionó una y otra vez el interruptor. Las lámparas del techo se pusieron a parpadear mientras Keating imitaba el sonido de un redoble de tambor.

—Señores, además de sus redacciones sobre la idea de romanticismo en Wordsworth, escribirán ustedes un poema, algo de su cosecha, y lo leerán en voz alta delante de la clase. Señores, ¡hasta el lunes!

Con estas palabras, Keating desapareció... para reaparecer casi inmediatamente, con una sonrisa sardónica en los labios.

—Señor Anderson, sé muy bien que esta tarea le da un miedo cerval, topo del demonio.

Alargando los brazos, Keating hizo como que fulminaba a su alumno. La clase rió nerviosamente, un tanto turbados todos por el pobre Todd, que consiguió esbozar una sonrisa.

Las clases acababan temprano los viernes, y los chicos salieron del aula con el ánimo ligero, felices con la perspectiva de la tarde libre que se ofrecía ante ellos.

—¿Y si subiésemos a la torre del reloj para montar esa radio? —le propuso Pitts a Meeks mientras paseaban por el campus—. ¡Radio América!

Pasaron sin detenerse ante un grupo de alumnos que esperaban con impaciencia la distribución semanal del correo. En el campo de césped estaban jugando al hockey. Más allá, el señor Nolan recorría la orilla animando a voces al equipo de remo de Welton.

—¡Más fuerza esos remos, demonios!

Con los libros en la cesta sujeta sobre la rueda de atrás, Knox cabalgó su bicicleta. Bajó silbando hacia la verja del colegio, y luego, asegurándose con un vistazo por encima del hombro de que nadie le prestaba atención, pedaleó furiosamente y franqueó el portón, dirigiéndose al pueblecito de Welton.

Como un desatinado, Knox volaba a toda marcha hacia Ridgeway High. Cuando llegó ante el colegio vio que había una gran animación en la zona de aparcamiento; el equipo de fútbol americano se preparaba para un desplazamiento. Knox se apoyó en la cerca y observó el incesante ir y venir de los estudiantes en torno a unos autocares de cromados deslumbrantes. Tras un ensayo tan precipitado como cacofónico, los miembros de la banda, con uniforme rojo y oro y chacó con plumas, subían a bordo del primer vehículo. El segundo estaba reservado para los jugadores. Una multitud estrepitosa de seguidores y *cheerleaders* se agolpaba en las puertas del tercer autocar. Entre ellos, Knox reconoció la cabeza rubia de Chris Noel.

La vio salir al encuentro de Chet, que llevaba bajo el brazo su casco, y besarle en los labios. Con su silueta deformada por las defensas de los hombros, Chet la estrechó contra sí pasando un brazo en torno a su cintura y ella rió de forma cristalina. Luego, escapando de su abrazo, corrió a montar en uno de los autobuses de los seguidores.

Con expresión cariacontecida, Knox volvió lentamente a Welton. Desde aquel día en casa de los Danbury, había soñado volver a ver a Chris Noel. Pero no así, no en los brazos del innoble Chet Danbury. Knox se preguntó si algún día podría encontrar las palabras que hicieran que la hermosa Chris se desmayase de gusto.

Estaba acabando la tarde. Todd estaba sentado a estilo sastre en su cama, con un bloc en las rodillas. Garrapateó unas palabras, que tachó a continuación, antes de arrancar la hoja y tirarla a la papelera. Con rabia e impotencia, se cubrió un momento la cara con las dos manos.

En ese mismo momento, Neil hizo irrupción en la habitación. Su cara resplandeciente contrastaba con el aire de fastidio de Todd.

—¡Lo he encontrado!

—¿El qué?

—¡Lo que quiero hacer! Lo que siempre he querido hacer. Lo que arde en mí.

Le tendió un folleto a Todd.

—*El sueño de una noche de verano*, de William Shakespeare —leyó este último—. ¿Qué es?

—Una obra de teatro, imbécil.

—Eso ya lo sé. Pero, ¿qué relación tiene contigo?

—La montarán en Henley Hall. Mira: «Pruebas abiertas para todos.»

—Bueno, y ¿qué?

—¡Pues que voy a ser actor! —exclamó Neil, saltando sobre la cama—. Siempre he tenido ganas de probarlo. El verano pasado quise inscribirme en un curso de arte dramático, pero por supuesto mi padre se opuso en redondo.

—¿Y ahora estará de acuerdo? —preguntó Todd frunciendo el ceño.

—No, pero eso no tiene ninguna importancia.

—Entonces, ¿qué es lo que importa?

—¿Es que no lo comprendes? Por primera vez en mi vida sé lo que quiero hacer, y por primera vez voy a lanzarme, con el consentimiento de mi padre o sin él. *Carpe diem*, Todd. *Carpe diem*.

Neil declamó unos versos, con la mano extendida en el aire y la cara vuelta hacia los últimos rayos del sol que entraban por la ventana.

—Pero, Neil, ¿cómo vas a actuar en esa obra si tu padre se opone? —insistió Todd con ingenuidad.

—Primero tengo que conseguir ese papel, y luego ya veremos lo que pasa.

—Pero te matará si no le dices que vas a hacer una prueba.

—No lo sabrá.

—Neil, tú sabes que eso es imposible.

—¡Nada es imposible!

—¿Por qué no le pides permiso?

—Y tú, ¿de parte de quién estás? —se indignó Neil de repente ante esa insistente llamada a la realidad—. Bueno, en todo caso aún no tengo el papel. Y también tengo derecho a soñar un poco, ¿no?

—Lo siento —dijo Todd, bajando los ojos a su cuaderno.

Neil se sentó en la cama y empezó a leer la obra de Shakespeare que acababa de pedir prestada en la biblioteca.

—Bueno, hay una reunión del Club esta noche —anunció Neil—. ¿Vendrás?

—Ssssí —respondió Todd, torciendo el gesto.

Neil dejó el libreto a un lado y miró a su compañero.

—Todo lo que dice Keating te da exactamente lo mismo, ¿verdad? —dijo entre incrédulo y agresivo.

—¿Qué quieres decir?

—Formar parte del Club es participar, actuar, sentirse agitado por la vida. Pero tú parece que estés tan agitado como una piedra.

—¿Quieres que deje el Club? ¿Es eso lo que quieres?

—No —dijo inmediatamente Neil, ya calmado—. Quiero que te quedes. Pero has de hacer algo. No basta decir: «Ahí estoy.»

La cólera enrojeció el rostro de Todd.

—Escúchame, Neil, tu solicitud me conmueve muchísimo, pero yo no soy como tú, y eso es todo. Cuando tú hablas, te escuchan y hacen lo que dices. Yo no tengo ese don.

—¿Por qué no? Podrías adquirirlo.

—No —dijo Todd con intensidad—. No sé cómo hacerlo. Y estoy seguro de que no sabré nunca. En todo caso, tú no puedes hacer nada, así que déjalo correr, ¿quieres? Me las arreglo muy bien solo.

—No.

—¿Cómo que no? —repitió Todd sin comprender—. ¿Qué quieres decir con ese «no»?

—Que no, que no lo dejaré correr.

Todd le miró prolongadamente.

—Está bien —dijo—. Iré.

—De acuerdo —dijo Neil antes de volver a Shakespeare.

CAPÍTULO VIII

El Club de los Poetas Muertos se reunió en la cueva por la tarde, antes del entrenamiento de fútbol. Todd estaba retrasado. Para entretener la espera, sus compañeros exploraban su refugio hasta los rincones más ocultos o grababan sus nombres en la roca. Cuando estuvieron todos reunidos Neil declaró abierta la sesión.

—«Me fui a los bosques porque quería vivir sin prisa. Quería vivir intensamente y sorberle todo su jugo a la vida.»

—¡Ay, señor! —gimió Knox—. Daría lo que más quiero por sorberle todo su jugo a Chris. ¡Estoy enamorado a más no poder!

—Ya sabes lo que te aconsejarían los Poetas Muertos —bromeó Cameron—. «Recoged ahora las rosas de la vida...»

—Pero ella vive pegada a ese hijito débil mental del mejor amigo de mi padre. Ya veríamos lo que hacían con eso tus Poetas Muertos.

Con el corazón destrozado, Knox se apartó unos pasos.

—Hoy no puedo quedarme con vosotros —anunció Neil—. Tengo que pasar una prueba para la obra de Henley Hall. Deseadme buena suerte.

Sus compañeros lo hicieron así de buena gana y Neil desapareció por la boca de la cueva.

—Tengo la sensación de que nunca he vivido de veras —se lamentó Charlie cuando Neil se hubo marchado—. Durante todos estos años nunca he corrido ningún peligro. No sé ni quién soy ni lo que quiero. Por lo menos, Neil sabe que quiere ser actor. Y Knox sabe que quiere a Chris.

—La necesito —suspiró Knox en su rincón.

—Meeks —siguió diciendo Charlie—, tú que eres el pequeño genio del grupo, dime lo que dirían los Poetas Muertos de mi caso.

—Los románticos eran diletantes, aventureros del pensamiento. Querían arriesgarse por todos los mares antes de echar el ancla; o decidían seguir navegando a favor del viento.

Cameron hizo una mueca y parpadeó.

—En Welton no hay mucho sitio para los diletantes.

Mientras los chicos consideraban esta última reflexión, Charlie se levantó y empezó a dar vueltas en la cueva como una fiera en su jaula. De repente, se detuvo y su expresión se iluminó.

—Declaro que este lugar reciba el nombre de Cueva Charles Dalton en honor a su Diletantismo Desenfrenado. En el futuro, todos los que quieran entrar tendrán que pedirme permiso.

—Un momento, Charlie —objetó Pitts—. Este lugar pertenece al Club.

—En teoría, sí. Pero fui yo quien lo vio primero y reclamo su propiedad exclusiva.

—Y aún gracias que sólo haya un Charlie Dalton en el grupo —suspiró Meeks.

Los demás asintieron con la cabeza. La cueva se había convertido en su hogar, en un lugar mágico al resguardo de otras miradas, al margen de cualquier forma de autoridad; era un lugar en el que podían ser todo lo que soñaban, y donde dar libre curso a la imaginación; un lugar donde todo era posible, una garantía de independencia en un mundo reglamentado, una válvula para las presiones que ejercía sobre ellos el mundo cerrado de Welton. El Club de los Poetas Muertos acababa de renacer de sus cenizas y quería devorar la vida a grandes mordiscos.

Pero las horas volaban y los chicos, a desgana, tuvieron que abandonar su refugio y volver al colegio a tiempo para el entrenamiento de fútbol.

—¡Eh! Fijaos en quién es nuestro entrenador —exclamó Pitts.

Los chicos se volvieron en la dirección que indicaba Pitts y vieron que el señor Keating hacía su entrada en el campo. Colgando de una correa que le pasaba sobre el hombro, una red llena de balones le iba dando acompasadamente en la pierna mientras apretaba bajo el otro brazo una misteriosa caja de madera.

—Buenos días, señores. ¿Quién de ustedes tiene la lista?

Un alumno se la entregó.

—Contesten «presente», por favor. ¿Chapman?

—Presente.

—¿Perry?

No hubo respuesta.

—¿Neil Perry?

—Está en el dentista —respondió Charlie.

Keating murmuró algo dubitativamente.

—¿Watson?

Silencio.

—¿Otro con dolor de muelas? —preguntó Keating.

—Watson está enfermo, señor.

—Ya. Menudo enfermo. Supongo que mi deber sería ponerle una falta a Watson, pero en tal caso debería ponerle una también a Perry. Y a mí me gusta Perry.

Dejó caer la lista al suelo.

—Señores, no están obligados a venir si no les apetece. Los que quieran jugar que me sigan.

Keating pasó entre el grupo de alumnos a grandes zancadas. Sin dudarlo, conquistados por la excentricidad de su profesor, los chicos le siguieron hasta el centro del campo.

—Siéntense, señores. Algunos fanáticos pueden decir que tal o cuál deporte es esencialmente superior a otro. Para mí, lo esencial en el deporte es la superación de uno mismo a que nos obliga incesantemente. Así, Platón, tan dotado naturalmente, pudo decir: «Es competir lo que ha hecho de mí un poeta y un orador.» Entregaré a cada uno de ustedes uno de estos trozos de papel e irán ustedes a alinearse en una fila.

Keating distribuyó unas hojas de papel entre los alumnos y luego corrió a colocar una pelota a una decena de metros del muchacho que encabezaba la fila.

McAllister, que pasaba por el borde del terreno de juego en dirección a la biblioteca, oyó a Keating dar sus últimas instrucciones. Con la curiosidad de ver qué nueva bufonada se le había ocurrido a su brioso colega, se detuvo un momento a observar la escena.

—Bien, ahora les toca a ustedes jugar —dijo Keating.

El primer chico dio un paso adelante y leyó en voz alta:

—¡Oh, luchar contra vientos y mareas, hacer frente al enemigo con el corazón de bronce!

El adolescente corrió y golpeó con el pie el balón que pasó junto a la caja.

—No importa, Johnson. Es el gesto lo que cuenta.

Cuando Keating hubo colocado el segundo balón ante la fila, volvió atrás y abrió la tapa de la caja mágica, que resultó ser una gramola portátil. Levantó el brazo del aparato entre el pulgar y el índice y colocó con delicadeza la aguja en el primer surco. Primero se oyeron unas crepitaciones y luego una orquesta sinfónica atacó a todo volumen el *Himno a la alegría*.

—¡Ritmo, señores, ése es el secreto! —gritó Keating, quitándose la chaqueta—. ¡Vamos, el siguiente, y dele con toda su alma!

Knox declamó:

—¡Estar solo entre todos y sentir las fronteras de la resistencia!

Se lanzó a su vez. En el momento de golpear la pelota con todas sus fuerzas, gritó:

—¡Chet!

A continuación, le tocó el turno a Meeks.

—Contemplar la adversidad sin pestañear, y la tortura, y el calabozo, y la vindicta popular.

—Ser por fin un dios —aulló Charlie antes de volcar toda su energía en la esfera de cuero.

McAllister meneó la cabeza y siguió su camino, con una sonrisita en sus labios.

Los chicos siguieron con el ejercicio, pero la caída de la noche no tardó en ponerle fin. Todd Anderson, que había conseguido esconderse detrás de los demás, exhaló un suspiro de alivio y echó a trotar en dirección al dormitorio.

—Señor Anderson —le advirtió Keating—. No se haga usted ilusiones; no es más que un aplazamiento.

El adolescente sintió la sangre afluir a sus mejillas. Avergonzado, maldiciendo su propia vulnerabilidad, corrió hasta el edificio de ladrillo rojo y cerró la puerta de golpe tras sí. Subió los escalones de cuatro en cuatro, irrumpió en su habitación y se acurrucó en la cama.

Cuando se recuperó, con el rostro surcado de lágrimas, su mirada cayó sobre el poema que había estado garabateando en el bloc. Añadió un verso, y luego, con rabia, rompió en dos el lápiz. Paseó un momento por la habitación y acabó por exhalar un suspiro; tomando otro lápiz, volvió a la tarea, decidido a librar batalla contra esas palabras que se arremolinaban, inasibles, en el caos de su imaginación.

—¡Ya está! —oyó gritar a Neil en el pasillo—. ¡Tengo el papel! ¡Soy Puck!

La puerta se abrió de par en par, y entró Neil, radiante de felicidad.

—¡Todd, me han aceptado! ¡Soy Puck!

Ante esos gritos, Charlie y los demás se presentaron en la puerta.

—¡Felicidades, chico!

—¡Gracias, amigos! Nos vemos después, ¿de acuerdo? Tengo un trabajo urgente.

En su misma alegría, Neil casi les dio con la puerta en las narices y sacó una vieja máquina de escribir de debajo de la cama.

—¿Cómo te las vas a arreglar? Va a resultar muy difícil...

—¡Calla! Creo que tengo la solución. Necesito dos cartas de autorización.

—¿Tuyas?

—De mi padre y de Nolan.

—Neil, no irás a...

—Espera, déjame pensar...

Neil empezó a escribir a máquina con dos dedos, riendo para sí.

—Querido señor Nolan —iba leyendo con voz agitada a medida que se imprimían los caracteres—, le escribo en relación con mi hijo Neil...

Todd meneó la cabeza, inquieto por el riesgo que corría su amigo.

El lunes por la mañana, ante la clase silenciosa del señor Keating, Knox Overstreet fue el primero en leer el poema que había compuesto.

Para Chris

Dulzura de sus ojos de zafiro
reflejos de su cabello de oro
mi corazón sucumbe a su imperio
feliz de saber que ella... que ella respira.

Knox bajó su hoja de papel.

—Lo siento, mi Capitán —dijo, volviéndose lastimosamente a su pupitre—. Resulta verdaderamente idiota.

—No, es perfecto, al contrario, Knox. Lo que Knox acaba de poner de manifiesto —siguió Keating dirigiéndose a toda la clase—, es de una importancia capital: en poesía, como en cualquier empresa, consagren todo su ardor a las cosas esenciales de la vida; al amor, la belleza, la verdad, la justicia.

Caminaba entre ellos a largas zancadas, volviendo la cabeza a una y otra fila, con las piernas ligeramente separadas como las patas de un compás que estuviese tomándole la medida al aula.

—Y no limiten la poesía sólo al lenguaje. La poesía está presente en la música, en la fotografía, incluso en el arte culinario; dondequiera que se trata de penetrar la opacidad de las cosas para hacer que brote su esencia ante nuestros ojos. Dondequiera que algo esté en juego, ahí se produce la revelación del mundo. La poesía puede estar oculta en los objetos o las acciones más cotidianas, pero nunca, nunca debe ser común. Escriban un poema sobre el color del cielo, sobre la sonrisa de una muchacha si les apetece, pero que se sienta en sus versos el día de la Creación, el Juicio Final y la eternidad. Todo me parece bien, por poco que ese poema nos dé alegría, por poco que levante un poco el velo que hay sobre el mundo y nos dé un estremecimiento de inmortalidad.

—¡Oh, Capitán! ¡Mi Capitán! —dijo Charlie—. ¿Hay poesía en las mates?

Se oyeron muchas risitas.

—Por supuesto, señor Dalton, que hay elegancia en las matemáticas. Y no olviden que si todos se pusiesen a hacer rimas todo el mundo podría morirse de hambre. Pero necesitamos la poesía y hemos de detenernos sin cesar para hacer que aparezca en el acto más simple; si no lo hacemos, corremos el riesgo de pasar sin darnos cuenta junto a lo que la vida tiene de más hermoso que ofrecernos. ¿Quién quiere recitar su poema? ¡Vamos, un poco de valor! En cualquier caso, eso no va a hacerles daño...

Keating paseó la mirada de un alumno a otro, pero todos se quedaron mudos. Entonces, se inclinó sobre el pupitre de Todd y sonrió con malicia.

—Miren al señor Anderson. Vean cómo la angustia petrifica su semblante. ¡Vamos, arriba, muchacho! Y libere el alma de sus miserias.

Todas las miradas convergieron en el adolescente quien, comprendiendo que cualquier protesta sería inútil, se levantó con timidez y fue hasta la tarima, mostrando a la clase una expresión de condenado a muerte.

—Señor Anderson, ¿ha preparado usted un poema?

Todd dijo que no con la cabeza.

—El señor Anderson está convencido de que lo que tiene en su interior carece de valor y es despreciable. ¿No es así, Todd? ¿Es eso lo que le aterra?

El muchacho inclinó con nerviosismo la cabeza.

—Entonces, hoy vamos a hacer la prueba de que lo que tiene en las entrañas es, por el contrario, de un valor inestimable.

Keating llegó hasta la pizarra de dos zancadas. Con letras mayúsculas, escribió, y luego leyó:

—*Aúllo mi yawp bárbaro sobre todos los techos del mundo*. Walt Whitman.

Se volvió a la clase.

—Para todos aquellos de entre ustedes que no lo sepan, un yawp es un grito retumbante. Todd, me gustaría que nos diese usted un ejemplo de yawp bárbaro.

—¿Un yawp? —repitió Todd con un hilo de voz.

—Bárbaro, señor Anderson.

—Yawp.

Keating se precipitó sobre el adolescente, sobresaltándole.

—¡Vamos, grite!
—¡Yawp!
—Eso es un maullido. ¡Más fuerte!
—¡Yawp!
—¡Más fuerte!
—¡¡AAAAAHHHHHH!!!!!! —Aulló Todd, exasperado.
—Muy bien, así, eso es, Anderson. Hay un bárbaro que duerme en usted.

Todd se tranquilizó un poco.

—Anderson, ahí ve usted la foto de Whitman, sobre la pizarra. ¿En qué le hace pensar? De prisa, sin pensarlo.
—En un loco.
—Sí, eso es; un loco. ¿Qué clase de loco? ¡Conteste! ¡Rápido!
—Un... ¿loco demente?
—¡Vamos, un esfuerzo de imaginación! Puede usted hacerlo mejor. Lo primero que se le ocurra, aunque sea absurdo.
—Un loco con los dientes que supuran.

Keating aplaudió.

—¡Ésa es la voz del poeta! Ahora, cierre los ojos. Descríbame lo que ve. ¡Vamos!
—Yo... yo cierro los ojos. Su imagen danza encima de mí...
—El loco de los dientes que supuran —le animó Keating.
—Su mirada le toma el peso a mi alma y atraviesa mi frente.
—¡Excelente! ¡Póngalo en su ambiente! ¡Con ritmo!
—Sus manos se tienden hacia mí, intenta estrangularme...
—Sí.
—Murmura detrás de su barba...
—¿Qué dice?
—La verdad... —exclamó Todd—. La verdad es como una manta que nos deja los pies fríos.

Hubo unas risas en la clase. El rostro de Todd enrojeció.

—¡Olvídelos! —le exhortó Keating—. Hábleme de esa manta.

—Ya puede uno tirar de ella hacia sí en todos los sentidos, que nunca nos cubrirá del todo.
—¡Siga!
—Sacudidla, tirad de ella, nunca será suficiente...
—No te detengas...
—Desde el día en que se entra en el mundo, llorando —exclamó Todd—, a aquel a quien se le entrega, agonizante, no puede hacer más que cubrirse con ella la cabeza y gemir, llorar o aullar.

Todd se quedó inmóvil. Un silencio eléctrico había dejado a la clase como congelada, cautivada por la repentina inspiración que se había apoderado de su compañero. Rompiendo el encanto, Neil se puso a aplaudir lentamente; otros se le unieron. Respirando profundamente, Todd mostró por primera vez una sonrisa llena de confianza.

—No olvides nunca lo que acaba de pasar —le susurró Keating al oído.

—Gracias, señor —respondió el chico antes de ir a sentarse.

Al final de la clase, Neil fue a felicitar a su amigo con un apretón de manos.

—Ya sabía yo que eras capaz. Ha estado verdaderamente bien. Hasta esta noche, en la cueva.

—Gracias, Neil.

Al crepúsculo, Neil se reunió con sus compañeros en la cueva del río. Llevaba una vieja linterna con el reflector picado y toda ella abollada.

—Lo siento, chicos, llego tarde —dijo, sin aliento.

Los demás miembros del Club de los Poetas Muertos estaban sentados en el suelo al estilo sastre alrededor de Charlie, que tenía en las rodillas un saxofón.

—Mirad lo que he encontrado en el granero —exclamó Neil.

—¿Qué es? —preguntó Meeks.
—Una linterna, tío listo —le espetó Pitts.
Neil levantó la pantalla y descubrió un soporte con forma de estatuilla pintada. Representaba una especie de genio como los que describen los cuentos árabes, vestido con un pantalón flotante y con un turbante en la cabeza. Con su expresión amenazadora, hacía pensar más bien en un genio maligno.
—No es una lámpara —corrigió Neil sonriendo—. Es el dios de la cueva.
—Pues tú también eres un chico listo —le dijo Meeks a Pitts.
Neil dejó la estatuilla en el suelo, puso una vela en el hueco que había en el turbante y la encendió.
Charlie se aclaró la garganta como muestra de impaciencia.
—Bueno, ¿y si empezásemos?
Los demás se volvieron hacia él y se callaron.
—Señores, «Poemúsica», de Charles Dalton.
Sopló en su instrumento mientras sus dedos apretaban al azar las llaves. Una sucesión de notas estridentes y sucesivamente roncas resonó en la cueva.
—Risas, llantos, murmullos, clamores, hay que hacer más. Sí, hacer más...
Tocó aún unas cuantas notas sin concierto, y luego declamó otra vez, en una recitación cada vez más rápida:
—Llamadas surgidas de la nada, sueños que brotan del caos, gritos que emprenden el vuelo, ir más lejos. ¡Ir más lejos!
Su voz se perdía en las profundidades de la cueva. Llevó otra vez la embocadura del saxofón a sus labios y la expresión escéptica de sus compañeros se disipó de repente: largas notas melodiosas escaparon de su instrumento, rotundas y desgarradoras, y llenaron la cueva con su queja ondulante, permaneciendo bajo la bóveda antes de perderse en un eco lleno de melancolía.

A su alrededor, los chicos esperaron a que muriese la última nota para expresar su entusiasmo.

—Charlie, ha sido genial —exclamó Neil—; ¿dónde aprendiste a tocar?

—Mis padres querían que estudiase el clarinete, pero yo lo odiaba con toda mi alma. Por lo menos el saxo es más... más sonoro.

De repente, Knox se levantó, se apartó del grupo y lanzó un largo lamento de desesperación.

—¡Ya no puedo más! ¡Necesito a Chris, y la tengo o me tiro al río!

—Knox, tranquilízate.

—No; ése es precisamente mi problema: he estado tranquilo toda mi vida. Si sigo quedándome ahí viéndolo todo negro, acabaré reventado.

—¿A dónde vas? —le preguntó Neil cuando él se lanzó fuera de la cueva.

—Voy a llamarla —respondió Knox, y se hundió en el bosque.

La sesión del Club se vio así brutalmente interrumpida. Todos siguieron a Knox a la carrera hasta el campus, deseosos de conocer el resultado de su iniciativa. Pronto estuvieron todos alrededor del teléfono mural instalado en el vestíbulo del dormitorio.

—La suerte sonríe a los audaces —se dio ánimos Knox descolgando el teléfono instalado bajo la escalera que llevaba a las habitaciones.

Los demás formaban círculo a su alrededor, dándole ánimos mientras él marcaba el número.

—¿Sí, diga?

Al oír la voz de Chris, Knox fue presa del pánico y colgó inmediatamente.

—¡Me odiará! ¡Los Danburry me odiarán! ¡Mis padres me cortarán en rodajas!

Miró a sus compañeros, que no dijeron nada, como si sintiesen que la decisión debía venir de él.

—Bueno, ¿qué más da? ¡*Carpe diem*! Aunque tenga que dejarme la piel en ello.

Descolgó otra vez y compuso el número de Chris.

—¿Sí? ¿Diga?

—¿Sí? ¿Eres Chris? Soy Knox Overstreet.

—¿Knox? ¡Ah, sí!, Knox. Me alegro de que hayas llamado.

—Ah, ¿sí? ¿De veras?

Cubrió el micrófono y anunció con entusiasmo a sus amigos:

—¡Se alegra de que la haya llamado!

—Quería hablar contigo —dijo Chris—. Pero no tengo tu teléfono. Los padres de Chet se van a Boston de fin de semana y Chet aprovecha para invitar a un montón de amigos. ¿Te gustaría venir?

—Bueno... Sí, claro que sí.

—Los padres de Chet no lo saben, de manera que no hay que divulgar la noticia. Pero puedes traer a alguien si quieres.

—Iré. Sí. A casa de los Danburry. El viernes por la noche. Entendido. Gracias, Chris.

Colgó y lanzó un grito de victoria.

—¿Lo habéis oído? ¡Iba a llamarme! Me ha invitado a una fiesta.

—¿En casa de los Danburry?

—Sí.

—Pues entonces...

—¿Qué? —dijo Knox, a la defensiva.

—Eso quiere decir que no sales con ella.

—Quizá, Charlie, pero no es eso lo que cuenta.

—Ah, ¿no? Entonces, ¿qué es lo que cuenta?

—Lo que cuenta es que ella pensaba en mí.

Charlie meneó la cabeza, incrédulo ante el optimismo mostrado por su compañero.

—Sólo la he visto una vez y ya soy el centro de sus pensamientos —siguió Knox—. Lo presiento, ¡será mía!

De un salto, fue a la escalera y subió los escalones de cua-

tro en cuatro bajo la mirada divertida de los Poetas Muertos.
—¿Quién sabe? —dijo Charlie—. Después de todo, el amor nos da alas.
—*Carpe diem*... —concluyó Neil.

CAPÍTULO IX

Montado en su bicicleta, Neil cruzó la plaza del pueblo pedaleando enérgicamente, tomó por Vermont Road a toda marcha después de rodear al Ayuntamiento y pasó ante algunas tiendas con los cierres bajados antes de llegar por fin a los edificios blancos de Henley Hall. Dejó la bicicleta en la entrada. Apenas había puesto los pies en la sala de actos cuando el director ya le estaba diciendo:

—Date prisa, Neil. Necesitamos a Puck para ensayar esta escena.

Neil bajó por el pasillo central en dirección al escenario, tomó al pasar un bastón coronado con una cabeza de búfalo que le tendía un tramoyista y empezó sin preparación ninguna:

—¿Solo tres? Vamos, más un
Cuatro serán dos parejas
He aquí que viene, ingrato

Cupido es un mal bicho
Al volver así locas a unas pobres mujeres.

Puck hincó una rodilla en el suelo para observar mejor a Hermia, interpretada por Ginny Danburry, que se arrastraba por el escenario, presa de la locura, con los ojos enrojecidos.

El director, un hombre de unos cuarenta años con las sienes grises, interrumpió a Ginny para elogiar a Neil.

—Muy bien, Neil. Das verdaderamente la sensación de que Puck es consciente de que lanza las redes de la intriga. Recuerda que se divierte mucho con sus manejos.

Neil inclinó la cabeza y repitió sus últimos versos con más insolencia.

—Cupido es un mal bicho
 al volver así locas a unas pobres mujeres.

—Excelente. Te toca, Ginny.
Ginny subió al escenario.

—Nunca tan fatigada, nunca tan desdichada
 Transida por el rocío y desgarrada por las zarzas,
 No puedo ni arrastrarme ni ir más lejos...

En pie en la primera fila, el director hizo grandes gestos hacia los bastidores para indicar a los figurantes que era el momento de su aparición.

El ensayo se prolongó hasta el final de la tarde. Los jóvenes actores se maravillaban al ver que la obra iba naciendo poco a poco entre sus manos y se quedaban hasta tarde para compartir su entusiasmo o sus miedos con el resto de la compañía. Pero la noche ya estaba encima y Neil tuvo que desaparecer.

—Hasta mañana —se despidió de todos.
Corrió a recoger su bicicleta, con los ojos aún brillantes

por el intenso placer que le procuraba el hecho de subir al escenario y dar vida a su personaje.

El pueblo dormía. Neil tomó el camino de Welton, repitiendo sus entradas a gritos.

Al acercarse a Welton, bajó la velocidad, asegurándose de que el paso estaba expedito antes de cruzar la verja. Unos golpes de pedal le bastaron para subir la suave pendiente que llevaba al domitorio. Una vez hubo dejado la bicicleta en el cobertizo, se disponía a entrar en el edificio de ladrillo rojo cuando vio en la sombra una silueta apoyada en la pared.

—¿Todd?

Se acercó a su compañero de habitación, que estaba sentado en el suelo, sin abrigo a pesar del frío.

—¿Qué haces aquí?

El adolescente no le respondió.

—Todd, ¿qué es lo que no va bien?

Neil se acuclilló junto a su amigo.

—Hace un frío del demonio.

—Hoy es mi cumpleaños —anunció Todd con voz sin inflexiones.

—¿Bromeas? Hubieses podido advertirme. ¡Felicidades! ¿Te han hecho algún regalo?

A Todd le castañeteaban los dientes. Sin decir palabra, señaló con el dedo una gran caja de cartón que tenía a sus pies. Neil levantó la tapa y mostró el mismo conjunto de objetos de escritorio que ya ocupaba, en la habitación, la mesa de trabajo de Todd.

—Es el mismo que el tuyo —dijo Neil—. No entiendo.

—Pues es muy sencillo. Me han regalado lo mismo que el año pasado —dijo el chico estallando en sollozos—. Ni siquiera se han acordado de eso.

Neil se quedó un momento en silencio, compartiendo la aflicción de su amigo.

—Quizá pensaron que el primero ya estaba muy usado —dijo a modo de consuelo—. Quizá pensaron que...

—También es posible que no piensen en nada, menos cuando se trata de mi hermano —replicó Todd con indignación—. El cumpleaños de mi hermano siempre es fiesta grande.

Bajó los ojos al paquete.

—Lo más divertido es que ya encontraba el primero muy feo.

—Todd, creo que subestimas el valor de este regalo.

—¿Cómo?

—Bromas aparte —siguió Neil, impertérrito—. Si necesitase dos veces una cosa como ésa, probablemente elegiría una así las dos veces.

Todd esbozó una sonrisa.

—Además, ¿quién iba a querer un balón de fútbol, ni un bate de béisbol, ni un descapotable en lugar de unos utensilios de escritorio tan bonitos?

Los dos chicos rieron al unísono mirando la gran caja de cartón que tenían a sus pies. Era ya noche cerrada. Neil temblaba de frío.

—¿Sabes cómo me llamaba mi padre cuando era pequeño? —dijo de repente Todd—. Medio dólar. Decía que eso era todo lo que podían valer los elementos químicos de mi cuerpo si se les podía meter en botellas y venderlos. Y que nunca valdría ni un centavo más si no dedicaba cada día de mi vida a mejorar. Medio dólar...

Neil meneó la cabeza y suspiró, comprendiendo mejor esa falta de confianza en sí mismo que su compañero arrastraba como una cadena de presidiario.

—Cuando era niño —siguió Todd—, creía que los padres querían a sus hijos instintivamente. Era lo que me enseñaban en el colegio; y yo acabé creyéndomelo. Pero mis padres parecen reservar todo su amor para mi hermano mayor.

Todd se levantó, hizo una inspiración honda como para contener las lágrimas y, sin añadir nada más, fue a refugiarse en el interior del edificio. Conmovido por esas confidencias, Neil se quedó un momento sin reaccionar, con un hombro apoyado en el muro de ladrillo frío, buscando desesperadamente alguna palabra de consuelo.

—Todd... —llamó en voz baja, yendo tras de su amigo.

Al día siguiente por la tarde, al entrar en la clase del señor Keating, los alumnos encontraron un mensaje escrito con tiza en la pizarra que les invitaba a reunirse con su profesor en el patio interior del colegio.

—Me pregunto qué se le habrá ocurrido hoy —dijo Pitts.

Los chicos recorrieron el pasillo y bajaron por la escalera para reunirse luego en el pequeño patio interior. Molesto por el tumulto, el señor McAllister asomó la cabeza por la puerta de su clase y les lanzó una mirada asesina.

—Señores —empezó Keating cuando todos estuvieron reunidos a su alrededor—, una peligrosa cantidad de conformismo se ha infiltrado en su trabajo. Pitts, Cameron, Overstreet, acérquense, por favor.

Los tres alumnos salieron de la fila.

—Contaré hasta tres, e irán ustedes a darle la vuelta al patio. No se inquieten; este ejercicio no se calificará. Vamos; uno, dos, tres, vayan.

Los chicos echaron a andar, preguntándose vagamente a qué se debía ese ejercicio. Le dieron la vuelta al patio en sentido contrario al de las agujas del reloj, volviendo pronto a su punto de partida.

—Eso es, señores; sigan, no se detengan.

Siguieron, pues, con su deambular bajo la mirada atenta del profesor y la de sus compañeros, más intrigada. Poco a poco, casi insensiblemente, empezaron a andar acomodando uno sus pasos a los de los otros, y sus zapatos acabaron por ir a compás sobre el pavimento del patio. Entre los compañeros que se habían quedado a un lado, muchos empezaron a batir palmas con una cadencia de marcha militar.

—Ahí está, eso es... —dijo entonces Keating, exultante—. ¿Lo oyen? Una, dos, una, dos, una, dos... Nos divertimos como locos en la clase del señor Keating —canturreó.

Ocupado en la corrección de unos ejercicios en su clase, el señor McAllister se sintió pronto irritado con ese alboroto. Echando atrás su asiento, fue hasta la ventana para averiguar la causa. Los tres andarines recorrían el patio con paso marcial, levantando las piernas y golpeando con el talón, animados por el batir de palmas de la clase.

El decano Nolan, que estaba ocupado con su correo en la atmósfera afelpada de su despacho, tendió también el oído a ese desorden extraordinario. Dejando su trabajo, se dirigió a la ventana y contempló con sorpresa la mascarada militar. Frunció el ceño.

—¿Qué significa este circo? —refunfuñó entre dientes.

Estaba demasiado lejos, para su mayor desagrado, como para poder oír con claridad las palabras del señor Keating.

—Está bien, paren —dijo el señor Keating—. Sin duda se han dado cuenta ustedes que al principio los señores Overstreet, Pitts y Cameron salieron cada uno a su ritmo. Largas y lentas zancadas en el caso del señor Pitts, que sabe que sus largas piernas le llevarán con facilidad a su destino; un trotecillo ligero e inquieto en el caso de Cameron, que teme con cada paso que da que su nota media baje; en cuanto al señor Overstreet, avanzaba como si le impulsase una fuerza viril. Pero también habrán ustedes observado que no han tardado en adoptar el mismo paso. Y nuestras palmadas no han hecho otra cosa que animarles.

»Este experimento notablemente instructivo ha venido a ilustrar la fuerza del conformismo y la dificultad de defender sus convicciones ante los demás. Y en el caso en que algunos de ustedes, lo estoy leyendo en sus ojos, imaginen que hubiesen seguido a su propio paso sin pestañear, que se pregunten por qué se han puesto a batir palmas como lo han hecho. Señores, todos llevamos en nosotros mismos este deseo de ser aceptados; pero traten de estimular lo que tienen ustedes de único o diferente, incluso aunque por ello se vean tachados de excéntricos. Voy a citar a Frost: «Dos caminos se me ofrecen; he elegido el menos frecuentado, y ésa es toda la diferencia.»

»Pues bien, ahora quiero que encuentren ustedes su propia cadencia, su propia manera de andar. No les pido que hagan el payaso, sino que cobren conciencia de su individualidad. Vayan, el patio es suyo.

Adoptando andares más o menos estrambóticos, los chicos invadieron el patio moviéndose en todos los sentidos, con excepción de Charlie, que se quedó apoyado en una columna.

—Señor Dalton, ¿no juega usted con nosotros?

—Estoy haciendo valer mi derecho a la inmovilidad.

—Gracias, señor Dalton. Claro y sucinto; nada usted a contracorriente.

El señor Nolan se apartó de la ventana con gesto preocupado.

—¿A dónde nos va a llevar esto? —gruñó acariciándose la barbilla.

Unas ventanas más allá, el señor McAllister abandonó con un encogimiento de hombros las payasadas de su colega y volvió a sus correcciones.

—Quedamos esta noche en la cueva —le susurró Cameron a Neil mientras se dirigían a la clase siguiente.

—¿A qué hora?

—A las siete y media.

—Pasaré el mensaje.

Pronto llegó la noche. Todd, Neil, Cameron, Pitts y Meeks pronto estuvieron reunidos alrededor de una hoguera de campamento en la cueva, tendiendo las manos heladas hacia las llamas. Fuera, una espesa niebla saturaba el bosque y los árboles se movían con el soplo de una suave brisa.

—Es lúgubre esta noche —dijo Meeks, encajando la cabeza entre los hombros—. ¿Dónde está Knox?

—Poniéndose guapo para la fiesta en la casa de los Danburry.

—¿Y Charlie? —preguntó Cameron—. Fue él el que insistió para que nos reuniésemos esta noche.

Los demás contestaron con un encogimiento de hombros. Neil decidió abrir la sesión sin esperar más.

—«Me fui a los bosques porque quería vivir sin prisa... Vivir intensamente y sorberle todo el jugo a la vida...»

Los ojos de Neil abandonaron de repente las páginas para volverse hacia la boca de la cueva. Todos habían oído unos ruidos en el bosque, y no eran del viento. Curiosamente, habían creído oír unas risas ahogadas.

Una voz femenina sonó de repente en el umbral de su refugio.

—Oh, caramba, qué oscuro está ahí dentro.

—Es por aquí —respondió la voz de Charlie—. Casi hemos llegado.

Las caras de los chicos estaban enrojecidas con el resplandor de las llamas mientras se volvían para ver a las dos chicas que se adelantaban hacia ellos en compañía de Charlie. Pitts se levantó de un salto y estuvo a punto de darse de cabeza contra la bóveda de la cueva.

—Hola, chicos —dijo Charlie, que tenía el brazo sobre los hombros de una bonita rubia—. Os presento a Gloria y...

Dudó y se volvió a una chica un tanto metida en carnes, de cabello negro y ojos verdes.

—Tina —dijo ella antes de llevarse a los labios una botella de cerveza.

—Tina y Gloria —repitió alegremente Charlie—. Os presento a los miembros del Club de los Poetas Muertos.

—¡Qué nombre tan divertido! —exclamó Gloria—. ¿Qué quiere decir?

—Es un secreto —respondió Charlie.

—Eres un encanto —arrulló Gloria abrazándole.

Los chicos se sentían intimidados por la presencia de aquellas criaturas exóticas que acababan de violar el santuario. Eran visiblemente mayores que ellos; tendrían veinte años o quizá más. Todos se hacían la misma pregunta: ¿de dónde las había sacado Charlie?

—Señores —dijo Charlie, con una mano en la cintura de Gloria, ante los ojos atónitos de sus compañeros—, tengo que daros una noticia. Fiel al espíritu innovador que anima a los Poetas Muertos, ya no responderé al nombre de Charlie Dalton. Desde ahora, llamadme Nuwanda.

Las chicas encontraron que eso era muy divertido.

—Entonces, ¿ya no existe Charlie? —preguntó Gloria—. ¿Qué quiere decir eso de Numama?

—Nuwanda —corrigió el chico—. Y no quiere decir nada; acabo de inventarlo.

—Tengo frío —dijo Gloria.

—Salgamos a buscar leña —dijo Neil, haciéndoles un gesto a sus compinches...

Meeks, Pitts y los demás salieron de la cueva. Charlie se agachó, tomó un poco de barro con el extremo de sus dedos y, como un guerrero apache, dibujó dos trazos oscuros en sus mejillas. Alzando la barbilla provocativamente, dirigió a Gloria una mirada ardorosa antes de desaparecer a su vez por la boca de la cueva. Al quedarse solas, las dos chicas se echaron a reír.

Mientras los miembros del Club de los Poetas se adentraban en el bosque buscando ramas muertas, Knox Overstreet pedaleaba en dirección a la mansión de los Danburry. Dejó la bicicleta cerca de la suntuosa vivienda, se quitó el abrigo y lo dejó en el trasportín de la rueda trasera. Una vez se hubo ajustado el nudo de la corbata, subió de un salto los escalones de la entrada y llamó a la puerta. La música llegaba hasta él apenas ahogada, pero nadie acudió a abrir. Llamó otra vez, más fuerte, luego llamó al timbre y entró.

La fiesta estaba en su apogeo. Un corpulento pelirrojo y una chica con calcetines blancos se estaban besuqueando en el sofá del vestíbulo. Había otras parejas instaladas en los sillones, en los sofás e incluso en las alfombras, aparentemente desligadas del mundo exterior. Knox se quedó en el umbral, sin saber qué partido tomar. Chris salió de repente de la cocina con su cabello dorado en desorden.

—Chris —la llamó.

—Ah, hola —respondió la chica con desenvoltura—. Encantada de verte. ¿Has venido solo?

—Sí.

—Ginny debe de andar por ahí. No tienes más que buscarla.

Y la chica se alejó.

—Pero, Chris... —trató de retenerla.

—Chet me espera. Estás en tu casa.

Los hombros de Knox se hundieron. Pasó por encima de las parejas tiradas por el suelo y buscó con la vista a Ginny.

—Así que una fiesta, ¿no?

En ese momento, los Poetas Muertos andaban a tientas en la oscuridad haciendo como que buscaban ramas muertas.

—Charlie... —susurró Neil.

—Llámame Nuwanda.

—Nuwanda —dijo con paciencia Neil—. ¿Qué es todo esto?

—¿Qué pasa? ¿Os molesta que uno traiga chicas?

—No. Por supuesto que no —intervino Pitts—. Pero hubieses podido avisarnos.

—No hay nada como la espontaneidad —murmuró Charlie—. Después de todo ésa es nuestra norma de vida, ¿no?

—¿De dónde las has sacado?

—Estaban paseando junto al campo de fútbol. Me dijeron que Welton las intrigaba, así que las invité a nuestra reunión.

—¿Son de Henley Hall?

—Ya no van al colegio.

—¿De veras? —exclamó Cameron, entornando los ojos.

—¿Qué te pasa, Cameron? —le reconvino Charlie—. Te

comportas como si fuesen tu madre. ¿Es que te dan miedo
o qué?
—No, no me dan miedo. Pero si nos atrapan con ellas,
estamos listos.
—Eh, ¿qué estáis haciendo ahí? —llamó Gloria desde la
boca de la cueva.
—Ya vamos —dijo Charlie—. Un momento.
Charlie se volvió a Cameron y susurró, amenazador:
—Si tú no dices nada, canijo, no hay ningún peligro.
—¿Cómo me has llamado, Dalton?
—¡Vamos, tranquilos los dos!
—¡Dalton, no! ¡Nuwanda! —dijo aún Charlie antes de encaminarse otra vez a la cueva.

Los otros hicieron lo mismo, dejando a Cameron hirviendo de rabia; les siguió un momento con los ojos y luego fue tras ellos.

Arrojaron a las llamas las ramas y hojas que habían recogido y se sentaron alrededor del fuego, que crepitó con renovada energía.

—Me pregunto cómo le estará yendo a Knox —dijo Pitts, divertido.

—Pobre chico —suspiró Neil—. Tengo la sensación de que iba derecho a una cruel decepción.

Con la cara larga, Knox deambulaba por la enorme vivienda de los Danburry. Acabó aterrizando en la cocina. Muchos adolescentes estaban enzarzados en una animada conversación, una pareja se besaba apasionadamente. Knox trató de no mirar la mano del chico, que, rechazada una y otra vez, se obstinaba en subir bajo la falda de la chica. En un rincón vio a Ginny Danburry con quien intercambió una sonrisa incómoda.

—¿Eres el hermano de Mutt Sanders? —le aulló de repente en el oído un tipo con la estatura de un jugador de fútbol americano.

—¿Cómo? No.
—¡Eh, Bubba!

El tipo grande como un armario sacó de su estupor a un individuo con la misma pinta que dormitaba de pie, con la frente apoyada en la nevera.

—Este tío se parece como una gota de agua a otra a Mutt Sanders, ¿verdad?

—¿Eres su hermano? —gargarizó el tal Bubba.

—No tenemos ningún lazo familiar. Nunca he oído hablar de él, lo siento.

—Eh, Steve —dijo Bubba—, ¿dónde están tus modales? Tienes delante al hermano de Mutt Sanders y no le invitas a una copa. Vamos, chico, ¿te apetece un whisky?

—En realidad, yo no...

Steve no le escuchaba. Puso un vaso en la mano de Knox y metió en él el gollete de una botella.

Knox tuvo que brindar con Bubba.

—Por Mutt.

—Por Mutt —repitió Steve.

—Bueno... Por Mutt —dijo Knox tras encogerse de hombros.

Bubba y Steve vaciaron sus vasos de un trago. Knox se creyó obligado a imitarles y le dio inmediatamente un ataque de tos. Sin parpadear, Steve sirvió otra ronda. El estómago de Knox estaba en erupción.

—Bueno, y ¿cómo anda el viejo Mutt? —preguntó Bubba.

Knox contestó entre dos ahogos.

—En realidad... No conozco... en realidad a Mutt.

Los ojos entrecerrados de Bubba no parecieron sorprenderse ante esta declaración.

—¡Por el gran Mutt! —dijo, levantando el vaso.

—¡Por el gran Mutt! —le secundó Steve.

—Por el gran... Mutt —tosió Knox.

Apuraron sus vasos y Knox volvió a toser con fuerza. El armario le dio una palmada en la espalda.

—Bueno, he de ir a buscar a Patsy —anunció Bubba con

un hipo etílico—. Saluda a Mutt de mi parte.

—No dejaré de hacerlo —dijo Knox, encajando una segunda palmada en la espalda.

Vio que Ginny le miraba riendo.

—Llévate el vaso —dijo Steve, que le sirvió otra copa.

Knox sintió que la cabeza empezaba a darle vueltas.

Las llamas subían hacia la bóveda de la cueva. Encogidos uno junto a otro, los Poetas Muertos y sus invitadas miraban el fuego con fascinación. Sobre una roca, una vela se consumía lentamente en la cabeza tocada con el turbante del «dios de la cueva».

—Ya sabía que erais más bien raros en esta escuela, pero no tanto —dijo Tina, examinando la estatuilla.

Sacó de su zamarra una petaca de whisky y se la tendió a Neil. Éste dudó un momento, y luego la tomó y bebió un sorbo dándose aires de viejo lobo de mar. Se la devolvió a Tina.

—Vamos, hazla pasar —dijo la chica.

Sus ojos se habían animado, el fuego y el whisky daban color a sus mejillas.

La petaca pasó de mano en mano. Las chicos trataban de no hacer visajes con el efecto del amargo líquido. Todd fue el único que no tosió después de tomar un sorbo de whisky.

—¡Caramba! —aplaudió Gloria, al ver cómo había bajado el nivel de la petaca—. Y, decidme, ¿os hacen falta chicas?

—¿Que si nos hacen falta? —repitió Charlie—. Nos tiene completamente idiotas, vaya. Por cierto, me gustaría anunciaros que he metido en el boletín del colegio, en nombre de los Poetas Muertos, un artículo exigiendo que se admitan chicas en Welton.

—¿Que has hecho qué? —exclamó Neil, saltando en pie—. Y ¿cómo lo has hecho, en primer lugar?

—Olvidas que soy corrector de pruebas en el boletín. Simplemente, he añadido el artículo.

—Entonces estamos listos —masculló Pitts.

—¿Por qué? —replicó Charlie—. Nadie sabe quiénes somos.

—¡Pero lo adivinarán en seguida! —dijo Cameron indignado, horrorizado por las consecuencias de esa bravata—. Se te vendrán encima y se te cargarán por lo del Club de los Poetas Muertos... ¡No tenías derecho a hacer una cosa así!

—Llámame Nuwanda, Cameron.

—Tiene razón —cloqueó Gloria—. Nuwanda es más bonito.

Charlie se levantó a su vez.

—Bueno, y ¿qué? ¿Estamos aquí por las apariencias o defendemos de verdad los ideales del Club? Porque si sólo nos reunimos para leer poemas por turno, entonces no le veo interés.

—Quizá —dijo Neil, empezando a pasear por la cueva—. Pero aun así no tenías derecho a hablar por todos nosotros.

—Bueno, dejad de preocuparos, banda de miedosos. Si me atrapan, diré que he sido yo el único culpable. No tenéis por qué inquietaros. Bueno, Gloria y Tina no han venido aquí para oír vuestros lloriqueos. ¿Y si abriésemos la sesión?

—Eso —aprobó Gloria—. Tenemos que ver cómo es la cosa para saber si queremos entrar en el Club.

Neil enarcó las cejas.

—¿Vosotras?

Charlie le ignoró y se volvió hacia Tina.

—¿Me atreveré a compararte con un día de verano? No, tú eres más dulce y más tibia.

Tina se derritió.

—Oh, qué bonito.

—Acabo de componerlo para ti.

—¿De veras?

Y le echó los brazos al cuello a Charlie. Los demás se hicieron los indiferentes, cuando en realidad ardían de celos.

—Voy a improvisar una para ti también, Gloria.

Cerró los ojos.
—Oh, belleza que camina en la noche...
Abrió los ojos y se levantó, como por impulso de la inspiración.

> *Oh, belleza que camina en la noche*
> *Tu resplandor apaga el de los cielos*
> *Porque la pasión, divina armonía,*
> *Brilla en la brasa de tus ojos.*

Gloria se estremeció de placer.
—Es maravilloso, ¿verdad?
Los otros seguían sentados, con los rostros enrojecidos por el despecho.

En ese mismo momento, con el corazón presa también de unos celos devoradores, Knox Overstreet andaba vacilante y sin rumbo por la enorme vivienda.
—Ya me lo advirtieron —rezongó, recordando lo que sus compañeros del Club le habían dicho.
La casa se había sumido en una penumbra que sólo los rayos de la luna hacían retroceder. La música le martilleaba los tímpanos. Por todas partes había bultos indistintos que se abrazaban y se apelotonaban.
Con un vaso en la mano, aturdido por los innumerables whiskies que había bebido con los compadres Bubba y Steve, Knox tropezó con una pareja estirada en la alfombra.
—¡Eh! —exclamó una voz—. ¡Podrías tener más cuidado en dónde pones los pies! ¿Es que llevas encima una copa de más, o qué?

CAPÍTULO X

Knox se dejó caer pesadamente en un sofá, consiguiendo por puro milagro no rociarse con el whisky. Echando la cabeza atrás, se largó un buen trago del líquido dorado, sorprendiéndose vagamente de no sentir ya su quemazón.

Paseó una mirada vidriosa a su alrededor, con los párpados pesados por el alcohol. A su izquierda había una pareja abrazada, criatura ondulante y gimiente, una amalgama de miembros que Knox renunció a desentrañar. A su derecha, dos amantes estaban muellemente hundidos entre los cojines. Descorazonado, Knox quiso levantarse, pero la pareja con la que había tropezado un poco antes había rodado hasta sus pies, dejándole encerrado. Knox rió para sus adentros con ironía. Pero, ya que sus vecinos estaban visiblemente demasiado ocupados para que les preocupase su presencia, decidió tomar la cosa con paciencia.

La música se interrumpió. En la oscuridad de la estancia, ya no se oyeron más que murmullos y gemidos lánguidos.

—Parece un centro de reanimación —ironizó Knox.

Pero la risa del adolescente sonaba a falso. Volvió la cabeza hacia la pareja de la derecha.

—Anda, vamos, y ahora te muerdo la oreja...

Y hacia la de la izquierda.

—Oh, Chris, eres tan bonita... —oyó.

Su mandíbula inferior estuvo a punto de desencajarse. ¡Aquella criatura proteiforme eran Chris y Chet! El corazón de Knox le saltó en el pecho. ¡Chris Noel estaba sentada junto a él, apoyada en él!

Volvió la música. Las voces de los Drifters se alzaron en la estancia. A Knox la cabeza le daba vueltas. Ante sus narices, los dos adolescentes se besaban con juvenil entusiasmo. Knox contempló la nuca de la chica, el nacimiento de su cabello, su perfil delicado, la curva del seno. Vació de un trago el resto de su vaso y se forzó a desviar la mirada.

Pero Chris le pesaba cada vez más en el hombro. Con el rostro crispado en una mueca, Knox luchaba con todas sus fuerzas contra la tentación. Aunque se daba perfecta cuenta de que estaba perdiendo la batalla.

Se volvió otra vez hacia Chris. Sus senos le exaltaban.

—*Carpe pechum* —dijo en voz alta, cerrando los ojos—. ¡Aprovecha el momento presente!

—¿Qué? —le dijo Chris a Chet.

—No he dicho nada —respondió el muchacho.

Volvieron los dos a su beso donde lo habían dejado. La mano izquierda de Knox, como movida por una fuerza magnética irresistible, se tendió lentamente hacia la chica. Sus dedos temblorosos rozaron la nuca rubia antes de bajar hacia su seno. Knox echó la cabeza atrás contra el cojín y, con los ojos cerrados, saboreó el dulce calor de su amada.

Creyendo que era un refinamiento sensual de Chet, la chica acogió esta nueva caricia encantada.

—¡Oh, Chet! —dijo, arqueando ligeramente el busto—. Qué agradable es.

—¿Sí? —dijo Chet, sorprendido—. ¿El qué?

—Ya lo sabes...
Knox retiró la mano. Chet se adueñó otra vez de los labios de Chris.
—Sigue, Chet...
—¿Que siga con qué?
—Chet...
Los dedos de Knox se posaron otra vez en el cuello de la muchacha y luego dibujaron lentos arabescos al dirigirse a su seno. Chris exhaló un largo gemido de placer.
Chet se apartó un poco, sorprendido por la reacción de su pareja, y luego renunció a comprender.
Knox respiraba profundamente. La música parecía amplificarse en su cabeza. Sus dedos se envalentonaron y se cerraron en el seno firme de Chris. Knox se hundía suavemente en el éxtasis. El vaso de whisky se le escapó.
Pero de repente su mano quedó presa en una tenaza de hierro mientras una lámpara se encendía en la cómoda próxima. Guiñando los ojos, Knox se enfrentó cara a cara con Chet y Chris. Chris parecía desconcertada; en cuanto a Chet, la mueca de su cara no dejaba duda ninguna acerca de sus sentimientos.
—¿Qué demonios estás haciendo? —aulló.
—¿Knox? —dijo Chris, poniéndose la mano delante en forma de visera.
—¡Chet! ¡Chris! —exclamó Knox, fingiendo una total inocencia—. ¿Qué hacéis aquí?
—Eres un... un...
Chet exhaló un gruñido y estrelló el puño contra la cara de Knox. Agarrándole de la camisa, le despegó del asiento y le envió rodando por el suelo antes de arrojarse sobre él para inmovilizarle de espaldas en la alfombra. El futbolista le martilleó entonces la cara con una andanada de golpes que Knox intentaba vanamente contener.
—¡Marrano de mierda!
Chris trató de intervenir.
—¡Para, vas a hacerle daño! ¡Está sangrando!

Los puñetazos de Chet se sucedían con la regularidad de un metrónomo, izquierda, derecha, izquierda, derecha.

—¡Chet, para! ¡No ha hecho ningún daño!

Ella le tiró hacia atrás desde la espalda. Él se levantó, sin dejar de mirar a su adversario con ojos asesinos. Knox rodó a un lado cubriéndose la cara con las dos manos.

—Ya basta —sollozó Chris, interponiéndose entre los dos.

Knox seguía tendido en la alfombra, con la mano en la nariz que chorreaba sangre.

—Lo siento mucho, Chris, lo siento mucho —gimió.

—¿Ya tienes bastante? —gritó Chet—. ¿O quieres más? ¡Venga, lárgate!

Chet hizo ademán de venírsele encima otra vez, pero Chris y un amigo le retuvieron por el brazo. Otros escoltaron a Knox fuera de la estancia.

Andando de forma titubeante en dirección a la cocina, Knox dijo aún por encima del hombro.

—¡Lo siento, Chris!

—Si alguna vez vuelvo a verte, te mato —replicó Chet, enseñando los dientes.

Muy lejos de imaginar que uno de sus miembros se encontraba en tan mala situación, el Club de los Poetas Muertos proseguía su sesión.

Mantenido con regularidad, el fuego se levantaba hasta lo alto de la cueva, proyectando en las paredes sombras gigantescas. Rodeando a Charlie con un brazo, Gloria le miraba con atención. El whisky circulaba de mano en mano.

—¡Eh, chicos! ¿Y si les enseñásemos a Gloria y a Tina el jardín de los Poetas Muertos? —dijo de repente Charlie, señalando con la barbilla hacia la entrada de la cueva.

—¿El jardín? —preguntó Meeks sin comprender.

—¿Qué jardín? —inquirió Pitts.

Con una mirada furibunda, Charlie les impuso silencio.

Neil, más sagaz que sus compañeros, le dio un codazo a Pitts, que por fin comprendió.

—Ah, sí. El jardín —dijo con aire de entendido—. La visita es por aquí, señoras y señores.

—¡Qué raro! —exclamó Tina con perplejidad—. ¿También tenéis un jardín?

Fueron hacia la salida. Quedándose atrás, con los ojos abiertos de par en par detrás de las gafas, Meeks retuvo a Charlie por el codo.

—¿De qué estáis hablando? —cuchicheó.

Charlie le fulminó con la mirada.

—Charlie... Bueno, Nuwanda, no tenemos ningún jardín.

Neil acudió al rescate y, con un empujón, envió a Meeks hacia la salida.

—¡Camina, idiota!

Cuando se vio solo con Gloria, Charlie se volvió a la muchacha sonriendo.

—Para ser un pequeño genio, tarda una barbaridad en darse cuenta de las cosas.

—Pues yo le encuentro más bien agradable.

—Yo también te encuentro a ti agradable —murmuró Charlie.

Se inclinó despacio hacia delante para besarla, entrecerrando los párpados. Cuando sus labios rozaban ya los de Gloria, la chica se levantó.

—¿Sabes lo que me gusta de veras de ti?

Un tanto contrariado por este contratiempo, Charlie levantó los ojos a la bóveda.

—No. ¿Qué?

—Todos los tipos que he conocido no suelen pensar más que en una cosa... Bueno, ya sabes lo que quiero decir... Pero tú eres diferente.

—¿De veras?

—¡Sí! Cualquier otro ya se me hubiese lanzado encima. Recítame otro poema.

—Pero...

—¡Por favor! Es que es tan estupendo ser amada por lo que una es de verdad.

Charlie se pasó una mano por la cara. Gloria se volvió hacia él.

—Nuwanda, por favor...
—¡Está bien! Déjame pensar.

Calló un momento, y luego recitó:

Para la santa unión de las almas
no admito obstáculo ninguno; el amor no es amor
si cambia al ver que cambia la otra llama
lo mismo que si, abandonado, abandona a su vez.

Gloria cloqueó de placer.
—¡No te pares, por encima de todo!

Charlie siguió, y los gemidos de Gloria resonaron en la cueva.

Oh, no. Es un signo establecido para siempre
testigo de la tempestad, eso no le conmueve
Es el astro al que se unen todas las barcas errantes
Se mide su altura, sin conocer sus efectos.

—¡Es todavía mejor que hacer el amor! —exclamó Gloria—. ¡Es el Amor con A mayúscula!

Charlie alzó los ojos al cielo, aunque se resignó a recitar poemas hasta una hora avanzada de la noche.

Al día siguiente, todo el colegio fue convocado a la capilla de Welton. Una confusión de cuchicheos y de bancos removidos sobre las losas del suelo llenaba el espacio a medida que los chicos ocupaban su lugar por grupos, intercambiando comentarios sobre el boletín de la semana.

Knox Overstreet se sumió en su asiento, esforzándose por disimular su rostro tumefacto. Los demás miembros del

Club de los Poetas traicionaban en sus semblantes consumidos la falta de sueño. Ahogando un bostezo tras el puño cerrado, Pitts le tendió un pequeño bulto a Charlie.

—Ya está listo —cuchicheó.

Charlie se lo agradeció con una inclinación de cabeza.

El decano hizo su aparición en la capilla. Un silencio tenso se abatió súbitamente sobre los asistentes y los ejemplares del boletín desaparecieron como por ensalmo. El señor Nolan subió al estrado con paso decidido y, con un gesto rápido de la mano, ordenó que todos se sentasen. Se aclaró la voz con un ronco carraspeo.

—Señores —empezó con gravedad conminatoria—, en nuestro boletín semanal ha aparecido un artículo no autorizado y de carácter blasfemo en favor de la coeducación en Welton. Mejor que perder un tiempo precioso haciendo una investigación para desenmascarar a los culpables, y les pido que crean que no escaparán, les digo a todos los alumnos que tengan conocimiento de ello que se pongan en pie aquí y ahora. Cualesquiera que sean los responsables de tal abyección, la única posibilidad que tienen de evitar su expulsión es que confiesen inmediatamente.

Una vez dicho esto, Nolan recorrió la asistencia con la mirada, escrutando los rostros, esperando una respuesta. Los chicos se quedaron de piedra o bajaron la mirada.

De repente, rompiendo el aplastante silencio, el timbre de un teléfono vibró en la nave. Por un momento, las cabezas se volvieron a todos los rincones, tratando de averiguar la procedencia de un ruido tan incongruente en aquel lugar. Para la consternación general, Charlie se levantó y sacó un aparato telefónico, que descolgó ahí mismo.

—Dígame, aquí el colegio Welton —dijo en voz alta—. Sí, aquí está; un momento, que se lo paso. Señor Nolan, es para usted.

Con ostentosa obsequiosidad, Knox tendió el teléfono hacia el decano.

La cara del decano se puso púrpura.

—¿Perdón?

—Dios al aparato. Dice que las chicas deberían ser admitidas en Welton.

Un estallido de risas agitó las viejas piedras de la capilla, que nunca habían conocido una afrenta semejante a la autoridad suprema del colegio.

Desconcertado por un momento, el decano no tardó en recuperarse.

—¡Señor Dalton, ahora mismo a mi despacho! —ordenó secamente antes de abandonar el lugar, envuelto en negra ira.

Charlie no dispuso de mucho tiempo para saborear su triunfo. Pronto se encontró en pie en el despacho del decano, que recorría la estancia con pasos furiosos.

—¡Borre ese gesto malicioso! —espetó el señor Nolan—. Quiero los nombres de sus cómplices.

—Lo he hecho yo solo, señor. Corrijo las pruebas del boletín. Sustituir el artículo de Bob Crane por el mío fue un juego de niños.

—Señor Dalton —dijo Nolan a continuación—, si cree usted que es el único que ha intentado que le expulsasen de Welton, desengáñese. Otros han alimentado esa esperanza y han fracasado de forma tan cierta como va a fracasar usted. En posición, señor Dalton.

Charlie obedeció. Separó los pies y se inclinó hacia delante, con las manos en el respaldo de un sillón. Fijó los ojos en el taraceado de la madera. El señor Nolan sacó de un armario una pesada palmeta de madera en la que se habían perforado unos agujeros para incrementar su penetración en el aire. El decano se quitó la chaqueta, se remangó y se colocó detrás de Charlie, ligeramente ladeado. El parquet crujió mientras se afirmaba con solidez sobre sus piernas.

—Cuente en voz alta, señor Dalton.

Levantó la palmeta por encima del hombro y la dejó caer con un movimiento seco y firme en el trasero de Charlie, que se mordió el labio inferior para no gritar.

—Uno —consiguió articular.

Nolan asestó el segundo golpe cargando aún más la mano. Charlie cerró los ojos.

—Dos.

El decano ejecutó la sentencia; Charlie contó los golpes. A partir del cuarto su voz se hizo apenas audible, mientras su cara gesticulaba por el dolor.

En la antesala, sentada ante la máquina de escribir, la señora Nolan hizo muchas faltas de pulsación y trató de disimular los sordos golpes mascullando una cancioncilla. En la sala próxima, tres estudiantes, entre ellos Cameron, se inclinaban ante sus caballetes, dedicados a la reproducción de la cabeza de un alce disecado, un antiguo trofeo de caza que colgaba en la pared. Los golpes de la palmeta les llegaban ahogados y les llenaban de terror. El lápiz de Cameron temblaba tanto que no podía apoyar la punta en el papel.

Al séptimo golpe, las lágrimas rodaron por las mejillas de Charlie.

—¡Cuente, señor Dalton! —gritó Nolan.

Hacia el noveno o décimo golpe, Charlie se contentó con hipar los números. Nolan se detuvo después del duodécimo golpe y se colocó delante del muchacho.

—¿Sigue usted diciendo que no ha tenido cómplices?

Charlie se tragó sus lágrimas.

—Sí..., señor.

—¿Qué es el Club de los Poetas Muertos? Quiero nombres.

Charlie respondió con voz estrangulada:

—Soy sólo yo, señor. Yo lo he inventado todo. Lo juro.

—Si me entero de que ha habido cómplices, ellos serán expulsados, pero usted se quedará. ¿Está claro? Enderécese.

Charlie obedeció con esfuerzo. Su cara estaba roja de dolor y humillación.

—Welton sabe perdonar, señor Dalton, cuando uno tiene el valor de reconocer sus errores. Presentará usted excusas en público.

Charlie salió con pasos cortos del despacho del señor Nolan y se dirigió lentamente al dormitorio. Sus compañeros le estaban esperando, ocupándose sin convicción de sus asuntos, yendo y viniendo por los pasillos. Cuando Charlie apareció en el vestíbulo, volvieron a sus habitaciones y simularon estar sumidos en sus tareas.

Charlie andaba despacio, con los ojos bajos, tratando de ocultar su dolor. Cuando llegó a la altura de su habitación, Neil, Todd, Knox, Pitts y Meeks formaron corro a su alrededor, inquietos por su aspecto abatido.

—¿Qué ha pasado? —preguntó Neil—. ¿Has hablado?

—No —dijo Charlie, sin levantar los ojos.

—Y él, ¿qué te ha dicho?

—Se supone que he de denunciar a todo el mundo, presentar excusas en público, y él lo dejará correr.

Abrió la puerta de su habitacón y entró en ella.

—Bueno, y ¿qué vas a hacer? —preguntó Neil—. Charlie...

—Neil, ¿cuántas veces he de repetírtelo? Mi nombre es Nuwanda —dijo él con desenfado.

Levantando entonces la cabeza, Charlie le mostró su cara, que expresaba desafío y en la que aparecía su habitual sonrisa burlona. Luego, les cerró la puerta en las narices.

Los otros chicos intercambiaron miradas llenas de alivio y admiración. Charlie seguía siendo el mismo. El mal trato que acababa de experimentar no le había doblegado.

Más tarde, después del mediodía, el señor Nolan entró en uno de los edificios de aulas de Welton y siguió un pasillo que llevaba a la clase del señor Keating. Llamó secamente a la puerta y entró sin esperar respuesta. El señor Keating y el señor McAllister estaban charlando ante unas tazas de café.

—Señor Keating, ¿puedo conversar con usted un momento? —preguntó el decano.

El profesor de Latín no esperó a oír más.

—Les ruego que me disculpen —murmuró, saliendo de la clase.

Nolan se quedó un momento en silencio, con la intención de dar así un mayor peso a lo que se disponía a decir. Paseó la mirada por la clase y anduvo por las filas de pupitres, rozando la madera con las puntas de los dedos.

—¿Sabía usted que ésta fue mi primera clase? —dijo por fin con tono amable.

—No sabía que usted había enseñado aquí.

—Literatura. Bastante antes que usted. Y puedo asegurarle que renunciar a dar clases fue algo muy penoso.

Hizo una pausa y luego miró al señor Keating rectamente a los ojos.

—Ha llegado hasta mí el rumor, John, de que aplica usted métodos poco ortodoxos en esta clase. No pretendo decir que ése sea el origen de la estúpida salida de tono de ese Dalton, ni siquiera que tenga relación alguna con ello. Pero creo que he de advertirle que los chicos de su edad son muy impresionables.

—El castigo que acaba usted de infligirle no habrá dejado de causarle una fuerte impresión.

Nolan arqueó las cejas, considerando la insolencia de esa afirmación. Prefirió pasarla por alto.

—¿Qué hacía usted el otro día en el patio? —preguntó.

—¿En el patio?

—Sí —dijo Nolan con un gesto de impaciencia—. Ese desfile militar, esas palmadas...

—Ah, ¿eso? Era un ejercicio con el que trataba de demostrar los peligros del conformismo. Yo...

—John, hemos organizado un sistema pedagógico para Welton. Se ha comprobado. Funciona. Si ustedes, los profesores, lo someten a revisión, entonces ya no habrá sistema.

—Siempre he creído que una buena educación debía enseñar a los alumnos a pensar por sí mismos.

El señor Nolan mostró su desaprobación con una breve carcajada.

—¿A la edad de esos chicos? ¡Disparata usted! ¡La tradición, John! ¡La disciplina! Ésas son las bases de una educación sana.

Gratificó al señor Keating con una palmada zalamera en el hombro.

—Prepáreles para la Universidad y el resto saldrá solo.

El señor Nolan sonrió, seguro de su verdad, y salió del aula. Keating se quedó mirando por la ventana, pensativo. McAllister no tardó en asomar la cabeza por la puerta. Era evidente que había estado escuchando toda la conversación.

—En su lugar, John, yo no me preocuparía tanto por los peligros del conformismo para mis alumnos.

—Y eso, ¿por qué?

—Bueno. Usted mismo es un producto de estas paredes, ¿no?

—Sí, y ¿qué?

—Pues que si usted quiere forjar un ateo convencido no tiene más que abrumarle con principios religiosos inflexibles; es algo que siempre funciona.

Keating miró fijamente a McAllister, y luego lanzó una gran carcajada. El profesor de Latín se le quedó mirando antes de desaparecer.

Más tarde, ya por la noche, Keating entró en el dormitorio donde los chicos se preparaban para realizar distintas actividades extraescolares... Salió al encuentro de Charlie, que iba en el centro de un grupo de amigos, contando por enésima vez su doloroso encuentro con el puño de hierro del señor Nolan.

—¡Señor Keating! —exclamó Charlie, sorprendido al verle allí.

—Ha sido una broma de colegial, señor Dalton.

Charlie entornó los ojos.

—¿Cómo? ¿Así que está usted en el bando de Nolan? ¿De manera que olvidamos *carpe diem* y lo de «sorberle el jugo a la vida» y todo lo demás?

—Sorberle el jugo a la vida no significa que haya que atragantarse con el hueso. Sepa usted que hay un momento para la audacia y un momento para la prudencia, y que un buen marino ha de saber dar bordadas.

—Pero yo creía que...

—Hacer que le expulsen de este colegio no denota cordura, ni tan siquiera audacia. Welton está lejos de ser el paraíso, pero ofrece a pesar de todo algunas buenas oportunidades.

—Ah, ¿sí? —replicó Charlie con aire irritado—. ¿Cuáles, por ejemplo?

—Bueno, aunque no sea más que la oportunidad de asistir a mi clase, ¿entiende?

Charlie sonrió.

—Sí, mi Capitán.

Keating se dirigió al grupo de amigos que rodeaban a Charlie.

—Pues entonces, mantengan la serenidad, todos ustedes.

—Sí, señor.

Keating hizo ademán de marcharse, pero se volvió hacia Charlie.

—Una llamada de Dios... —dijo meneando la cabeza—. Si por lo menos hubiese sido del puesto de mando, ¡entonces hubiese aplaudido con todas mis ganas!

Al día siguiente, el incidente parecía cerrado. El señor Keating decidió hacerle caso al decano al pie de la letra. Al empezar la clase siguiente, escribió con letras mayúsculas en la pizarra la palabra UNIVERSIDAD.

—Señores —empezó diciendo—, abordaremos hoy una especialidad que tendrán que dominar si quieren tener éxito en la Universidad. Les hablaré del análisis de los libros que ustedes no han leído.

La clase estalló en carcajadas.

—La Universidad —prosiguió Keating— someterá probablemente a dura prueba su amor a la poesía. Horas de análisis fastidiosos y de disecciones estériles acabarán con él. La Universidad, por otra parte, les expondrá a ustedes a toda clase de literaturas; en su gran mayoría obras maestras inabordables que tendrán que tragarse y absorber; pero también en buena parte desperdicios nauseabundos de los que tendrán que huir como de la peste.

Keating puso un pie sobre la silla y un codo en su muslo.

—Imaginemos que ustedes han decidido seguir un curso de novela moderna. Durante todo el año han leído y estudiado obras maestras como *Papá Goriot* de Balzac o *Padres e hijos* de Turgueniev; pero he aquí que el día del examen final descubren con estupor que el tema de la redacción es el amor paterno en *La joven ambiciosa*, una novela, el término es generoso, cuyo autor no es otro que su distinguido profesor.

Keating enarcó una ceja, asegurándose de que todos estaban atentos a lo que decía, y luego siguió:

—Leen ustedes las tres primeras páginas y caen en la cuenta de que preferirían enrolarse en la marina antes que perder un tiempo precioso ensuciándose el cerebro con semejante inmundicia. ¿Qué pueden ustedes hacer? ¿Desanimarse? ¿Conseguir un cero pelado? En absoluto. Porque están ustedes preparados.

El señor Keating empezó a deambular por la clase.

—Le dan ustedes vuelta a *La joven ambiciosa* y ven al leer la contraportada que se trata de la historia de un tal Frank, vendedor de material agrícola, que se desangra por los cuatro costados para poder proporcionarle a su hija Christine la entrada en el gran mundo que ella desea por encima de todo. Y ya saben ustedes bastante: empiecen por rechazar la necesidad de hacer un resumen de la acción, a la vez que dicen lo suficiente para hacer que su profesor crea que han leído todo el libro.

»Sigan con una frase pomposa y que sirva para todo como ésta: observamos con interés que es posible establecer un paralelismo esclarecedor entre la visión paterna del autor y la teoría freudiana; Christine es Electra, su padre es Edipo.

»Finalmente, añadan una pizca de hermetismo y erudición. Por ejemplo: se advertirá con interés que es posible establecer un paralelismo entre esta novela y la obra del célebre filósofo hindú Avesh Rahesh Non. Rahehs Non ha descrito sin condescendencia a esos hijos que abandonan a sus padres en aras de lo que él llama «la hidra de tres cabezas», una trilogía compuesta por la ambición, el dinero y el éxito social. Desarrollen las teorías de Rahesh Non sobre la forma en que se alimenta el monstruo y sobre la forma de decapitarlo. Concluyan alabando el talento literario de su profesor y agradeciéndole que les introdujese en una obra tan esencial.

Meeks levantó la mano.

—Capitán... ¿Y si no conocemos a Rahesh Non?

—Rahesh Non no ha existido nunca, señor Meeks. Invéntenlo, denle un estado civil, una biografía. Ningún profesor universitario admitirá que desconoce a un autor de tal envergadura, y así recibirán una calificación parecida a la mía.

Keating tomó un papel de encima de su mesa y leyó en voz alta.

—«Sus referencias a Rahesh Non son pertinentes y penetrantes. Me complace constatar que no soy el único que ha sabido apreciar a este gran pensador indio. Nota: 20/20.»

Dejó el papel sobre la mesa.

—Señores, escribir acerca de libros insípidos que ustedes no habrán leído será con seguridad una parte de su examen, de manera que les recomiendo que se entrenen. Pasemos ahora a las trampas que han de conocer para pasar un examen universitario. Tomen lápiz y papel, señores. Voy a plantearles un cuestionario.

La clase obedeció. Keating distribuyó las hojas. Luego, instaló una pantalla sobre la pizarra y un proyector de diapositivas en el fondo de la clase.

—Las grandes universidades son Sodoma y Gomorra donde bullen esas apetitosas criaturas de las que se carece de forma tan cruel aquí. El nivel de distracción alcanza proporciones peligrosamente altas, pero este cuestionario debe prepararles para hacer frente a tal situación. Se lo advierto, la nota se incluirá en sus boletines. Pueden empezar.

Los chicos se pusieron manos a la obra. Keating puso en marcha el proyector. Cuando tuvo graduado el enfoque, se vio en la pantalla una espléndida chica que se agachaba para recoger una pluma estilográfica, mostrando en esa posición las bragas. Los chicos levantaron la nariz de sus papeles y los ojos se les salieron de las órbitas.

—Concéntrense en su examen, señores. Tienen veinte minutos.

Pasó a la segunda diapositiva: esta vez se trataba de una joven cubierta con lencería fina. Los chicos echaban ojeadas a la pantalla, esforzándose en concentrarse en lo que hacían. A Keating le divertía su turbación. Cruelmente, siguió proyectando imágenes, una serie de hermosas mujeres en posiciones lascivas y con excitante ropa interior. Las cabezas de los chicos oscilaban de sus pupitres a la pantalla... Knox escribía en su papel «Chris, Chris, Chris», contemplando soñador la proyección.

CAPÍTULO XI

El invierno se había abatido brutalmente sobre las colinas de Vermont. Violentas ráfagas de viento soplaban sobre el campus de Welton, levantando en torbellinos las hojas muertas que cubrían el suelo endurecido.

Ceñidos en sus capotes con capucha y con una bufanda rodeándoles el cuello, Todd y Neil subían a lo largo de un sendero que serpenteaba entre los edificios del colegio. Los aullidos del viento sofocaban casi la voz de Neil, que iba repitiendo sus entradas del *Sueño de una noche de verano*.

—Aquí, villano, con la espada en la mano y en guardia. ¿Dónde estás?

Neil tuvo un bache en su memoria.

—«Soy contigo al momento» —le sopló Todd, que tenía el texto entre los dedos azules por el frío.

—«Sígueme, pues, a un terreno más igual» —clamó Neil con ardor—. ¡Oh, cuánto me gusta!

—¿El qué? ¿La obra?

—La obra, por supuesto, pero, sobre todo, ¡interpretar! Es el trabajo más hermoso del mundo. Y decir que la mayoría de la gente no vive más que una vida, y eso si tienen suerte. Sin embargo, un actor puede vivir docenas de vidas, cada una más apasionante que las demás.

Con un salto teatral, se encaramó a un murete de piedra.

—«Ser o no ser, ésa es la cuestión.» Por primera vez en mi vida me siento vivo. Deberías probarlo, Todd.

Saltó al suelo.

—¿Por qué no has venido nunca a los ensayos? Sé que están buscando gente que se encargue de la iluminación y los accesorios.

—No, gracias.

—Y hay un montón de chicas —añadió Neil con un guiño—. La que interpreta a Hermia es fantástica.

—Ya iré a la representación.

—¡Cobardón! —le insultó Neil—. Bueno, ¿dónde estábamos?

—«¿Estás ahí?» —leyó Todd.

—¡Dale un poco de entonación!

—¿Estás ahí? —vociferó Todd.

—¡Eso es! «Sigue mi voz; ya veremos si eres hombre.» Neil saludó a su amigo con una reverencia histriónica.

—Gracias, noble señor. Hasta esta noche, en la cena.

Corrió hacia el dormitorio. Todd le vio cruzar el patio como una flecha y desaparecer en el edificio de ladrillo; meneó la cabeza divertido y fue tranquilamente hacia la biblioteca.

Haciendo filigranas y molinetes con una espada imaginaria, Neil pasó por los pasillos ante las miradas de curiosidad de los alumnos con los que se cruzaba. Empujó la puerta de su habitación con el pie y entró haciendo el ademán de una estocada final.

El adolescente se quedó inmóvil de repente. Su padre le esperaba sentado ante la mesa. La cara de Neil se quedó sin sangre.

—¡Padre!
—Neil, vas a dejar esa farsa ridícula —dijo el señor Perry.
—Pero...

El señor Perry se alzó en toda su estatura y dio un golpe en la mesa con el puño.

—¡No me repliques! No sólo pierdes el tiempo con esa... esa idiotez de saltimbanqui, sino que además me has engañado deliberadamente.

Empezó a recorrer la habitación a zancadas, haciendo sonar los talones en cada media vuelta. A Neil le temblaba todo el cuerpo.

—¿Cómo esperabas salir adelante con esto? ¿Quién te ha metido esta idea en la cabeza? ¿Ha sido ese Keating?

—Nadie... —balbució Neil—. Quería darle una sorpresa. He tenido la mejor nota en casi todas las asignaturas y...

—¿De verdad llegaste a creer que yo no descubriría el pastel? «Mi nieta interviene en una obra de teatro con su hijo», me dijo el otro día la señora Marks. «Seguro que se equivoca, señora, mi hijo no hace teatro.» Me has hecho pasar por mentiroso, Neil. Mañana verás a los de la compañía y les dirás que lo dejas.

—Padre, tengo uno de los papeles más importantes... La representación es mañana por la noche. Padre, por favor...

El señor Perry estaba lívido de ira. Se acercó a Neil, amenazándole con el índice.

—El mundo puede venirse abajo mañana por la noche, ¡pero tú no intervendrás en esa obra! ¿Lo entiendes? ¿Lo has entendido?

El adolescente no encontró energía suficiente para enfrentarse con su padre.

—Sí, padre...

Con los ojos fijos en los de su hijo, el señor Perry se quedó un momento inmóvil, a excepción de un estremecimiento en las mandíbulas.

—He hecho muchos sacrificios para que vinieses a este colegio, Neil. Y no vas a decepcionarme.

El señor Perry salió cerrando de un portazo. Neil se derrumbó en su silla y golpeó sobre su mesa con los puños cerrados, hasta que el dolor hizo que rodasen lágrimas por sus mejillas.

A la hora de la cena, todos los miembros del Club de los Poetas Muertos estaban reunidos en el comedor, a excepción de Neil, que había pretextado un dolor de cabeza. Se llevaban la comida a la boca de forma tan laboriosa que el viejo Hager se acercó a su mesa y se les quedó mirando con expresión de sospecha, con un párpado entrecerrado.

—Señor Dalton, ¿hay algo que no va bien? —preguntó—. ¿No le satisface el menú?

—Sí, señor.

Hager se volvió a los demás. Había algo raro allí.

—Señores Overstreet y Anderson, ¿son ustedes zurdos?

—No, señor.

—Entonces, ¿por qué tienen el tenedor en la mano izquierda?

Los chicos intercambiaron miradas inocentes. Knox tomó la palabra.

—Hemos pensado que estaría bien romper con las viejas costumbres.

—¿Qué les reprocha usted a las viejas costumbres, señor Overstreet?

—Perpetúan una vida mecánica, señor —afirmó Knox—. Imponen límites al pensamiento.

—Señor Overstreet, le sugiero que se preocupe menos de romper con las viejas costumbres y más de adquirir otras buenas para sus estudios. ¿Entendido?

—Sí, señor.

—Lo mismo sirve para ustedes, señores. Ahora, coman con su mano habitual.

Los chicos obedecieron. Pero en cuanto el anciano profesor se hubo alejado, Charlie cambió otra vez de mano, y pronto fue imitado por sus compañeros.

Neil acabó apareciendo en el comedor. Parecía trastornado.

—¡Qué aspecto tienes! —dijo Charlie—. ¿Qué es lo que no funciona?

—Mi padre ha venido a verme.

—¿Vas a dejar la obra? —preguntó inmediatamente Todd.

—Aún no lo sé.

—¿Por qué no vas a hablar con el señor Keating? —sugirió Charlie.

—¿Para qué?

Charlie se encogió de hombros.

—Quizá pueda aconsejarte. Puede que incluso vaya a hablar con tu padre.

—¿Bromeas? —dijo Neil con ironía.

A pesar de las objeciones de Neil, sus compañeros insistieron tanto y lo hicieron tan bien, diciendo que el señor Keating podría ayudarle a solventar su problema, que después de cenar fueron juntos al sector de los profesores, en el segundo piso del edificio. Todd, Pitts y Neil se quedaron en el primer escalón del rellano, y Charlie fue a llamar a la puerta.

—Esto es grotesco —protestó Neil.

—Es mejor que nada —respondió Charlie.

Llamó otra vez, pero la puerta siguió cerrada.

—No está. Vámonos.

Charlie accionó el pomo y abrió la puerta.

—Esperémosle dentro —dijo, entrando en la habitación.

—¡Charlie! ¡Nuwanda! —le llamaron los otros—. ¡Sal de ahí! ¡Vuelve!

Pero como Charlie no reaparecía y la curiosidad les aguijoneaba, sus compañeros le siguieron poco a poco.

La habitación era pequeña y austera. Los chicos se sintieron de repente como intrusos.

—Nuwanda —susurró Pitts—, no nos quedemos. Llegará de un momento a otro.

Charlie ignoró la advertencia y siguió investigando. En el suelo, cerca de la puerta, había una pequeña maleta azul. Varios libros, algunos de ellos en un estado lamentable, estaban colocados encima de la cama. Charlie se acercó al escritorio y tomó entre las manos un marco que contenía la fotografía de una mujer muy bella que debía de tener unos veinte años.

—¡Vaya! ¡Mirad esto! —dijo Charlie con un silbido de admiración.

Junto al marco, había una carta inacabada. Charlie la cogió y empezó a leer:

—Mi querida Jessica: me siento tan solo lejos de ti... Bla, bla, bla. No puedo hacer otra cosa que contemplar tu fotografía o cerrar los ojos y revivir el recuerdo de tu sonrisa radiante, pero mi pobre imaginación no es más que un pálido sustituto de tu presencia. Oh, cuánta falta me haces y cuánto me gustaría...

La puerta rechinó. Charlie dejó abruptamente de leer al ver al señor Keating en pie en la puerta de la habitación.

—Buenas noches, señor Keating —saludó Charlie—. Precisamente estábamos buscándole.

Sin decir palabra, Keating llegó hasta él y, con calma, le retiró la carta de las manos, la dobló y la deslizó en el bolsillo de su chaqueta.

—Una mujer es una catedral, señores —dijo él entonces—. Y hay que venerarla como a tal.

Pasó junto a Charlie, abrió el cajón de arriba de su escritorio y dejó en él la carta.

—Tal vez quiera usted proseguir con su registro, señor Dalton.

—Lo siento —repuso Charlie—. Yo... nosotros...

Charlie se volvió a sus compañeros como para llamarles al rescate. Neil dio un paso adelante.

—¡Oh, Capitán! ¡Mi Capitán! Hemos venido porque tenía que hablar con usted.

—¿Es algo que les concierne a todos? —preguntó el profesor.

—En realidad, me gustaría que hablásemos a solas —dijo Neil.

Los demás sintieron el alivio de ver que se les abría una puerta de escape.

—Tengo que ir a empollar Química —dijo Pitts.

Los demás asintieron.

—Vamos contigo; buenas noches, señor Keating.

Se eclipsaron con rapidez y cerraron la puerta al salir.

—¡Vuelvan cuando quieran! —les dijo alzando la voz Keating.

—Gracias —les oyó contestar a través del tabique.

Pitts le dio un empujón a Charlie.

—¡Mierda, Nuwanda! Buena la has hecho...

—No he podido evitarlo —repuso Charlie, encogiéndose de hombros.

A Keating le divertía el nerviosismo de Neil, que iba y venía por la habitación, mirando aquí y allá.

—Está usted muy estrecho aquí.

—Nada debe distraerme de mi trabajo. La enseñanza tiene un cierto parecido con entrar en un monasterio.

—¿Por qué es usted profesor? —preguntó Neil—. Quiero decir... Con todas esas historias sobre el *carpe diem*, se le imaginaría más bien explorando el mundo.

—Pues eso es precisamente lo que hago, Neil. Exploro el mundo. Este mundo nuevo de los tiempos modernos. Además, un colegio como Welton necesita a un profesor como yo, ¿no?

»Pero usted no ha venido aquí para hacerme preguntas sobre mi vocación, ¿no es cierto?

Neil suspiró profundamente.

—Mi padre me exige que deje la representación de Henley Hall. Cuando pienso en lo de *carpe diem*, tengo la sensación de que estoy en la cárcel. ¡Interpretar lo es todo para mí, señor Keating! Me gustaría convertirlo en mi trabajo. Comprendo la posición de mi padre, claro. Nosotros no somos ricos como la familia de Charlie. Pero es que él ha planificado toda mi vida sin preguntarme nunca cuál era mi opinión.

—¿Le ha dicho a su padre lo que acaba usted de confiarme?

—¿Bromea? ¡Me mataría!

—Entonces está usted interpretando un papel también para él. El papel de hijo sumiso. Neil, bien sé hasta qué punto puede resultar difícil, pero debe usted hablar con su padre y desvelarle su auténtica personalidad.

—Ya sé lo que me contestará: que el teatro sólo es un capricho, que es frívolo y que, «por mi bien», es mejor que no siga pensando en él. Luego me recordará todas las esperanzas que fundan en mí.

Keating se sentó en el borde de la cama.

—Si no es sólo un capricho, entonces tiene usted que demostrárselo. Muéstrele, a fuerza de pasión y compromiso, que ésta es su verdadera vocación. Y si eso no da resultado, dígale que pronto tendrá dieciocho años y que entonces podrá usted vivir como mejor le apetezca.

—¡Dieciocho años! ¡Pero si la representación es mañana por la noche!

—Vaya y hable con él, Neil.

—¿No hay otra solución?

—No, si quiere usted seguir siendo honesto consigo mismo.

Neil y Keating se quedaron un momento sin decir nada.

—Gracias, señor Keating —dijo finalmente Neil—. Lo pensaré y tomaré una decisión.

Mientras Neil conversaba con el profesor, el resto del grupo corría hacia la cueva. La nieve que caía en grandes copos empezaba a cubrir la tierra de manchas blancas.

Los chicos se dispersaron en la cueva, cada uno dedicado a sus cosas. Nadie propuso abrir la sesión. Charlie le sacaba largas notas melancólicas a su saxofón. En una esquina, Knox repetía a media voz el poema que se esforzaba en componer. Todd estaba sentado aparte y también escribía. Cameron estaba estudiando Geografía. En pie, al fondo de la cueva, Pitts grababa signos cabalísticos en la roca.

Cameron le echó una ojeada al reloj.

—Solamente faltan diez minutos para el toque de silencio —anunció.

Nadie le hizo caso.

—¿Qué escribes? —le preguntó Knox a Todd.

—No lo sé. Un poema.

—¿Es para la clase?

—Aún no lo sé.

Cameron volvió a la carga.

—Nos las vamos a cargar, chicos, si no nos largamos ahora mismo. Está nevando a modo.

Charlie siguió exhalando su lamento y Todd garrapateando en su cuaderno. Cameron se encogió de hombros.

—Bueno, pues en todo caso yo me largo —dijo antes de salir de la cueva.

Knox releyó el poema al que acababa de dar el toque final. Muy excitado, se dio una palmada en el muslo.

—¡Ay, Dios! ¡Si por lo menos pudiese hacérselo llegar a Chris!

—¿Por qué no se lo lees? —sugirió Pitts—. Eso le ha ido de maravilla a Nuwanda.

—No quiere dirigirme la palabra. La he llamado, pero ni siquiera ha querido ponerse al teléfono.

—Nuwanda le recitó unos poemas a Gloria y ella se le echó al cuello... ¿No es verdad, Nuwanda?

El saxofón calló. Charlie pensó un momento.

—En la misma medida en que hay cosas ciertas —dijo, antes de ponerse otra vez a tocar.

A lo lejos se oyó el timbre de silencio. Charlie guardó el instrumento en su estuche y salió de la cueva. Todd y Pitts recogieron sus cosas y fueron tras él en la noche. Una vez solo en la cueva, Knox releyó su poema. Lo metió entre las páginas de un libro, sopló la vela y corrió tras sus compañeros.

—Si funcionó con él, funcionará conmigo —dijo, pensando en el medio de llegar hasta Chris.

Al día siguiente por la mañana, el paisaje estaba sumido en una espesa capa de nieve. Knox salió del dormitorio temprano, equipado para soportar el frío glacial y las borrascas de viento. Con el revés de la manga retiró la nieve que cubría el sillín de la bicicleta y se metió por un sendero expedito. Tomó velocidad al bajar el cerro de Welton hacia Ridgeway High. Lejos de desanimarle, el aire espoleaba su ardor.

Dejó la bicicleta ante el colegio y entró en el vestíbulo en el que reinaba un bullicioso desorden. Poniéndose de puntillas, miró a derecha e izquierda, no sabiendo hacia dónde dirigir sus pasos. Su elegante chaqueta y su corbata de uniforme desentonaban entre las ropas multicolores y heteróclitas que llevaban los chicos de Ridgeway. Pero nadie le prestaba atención, aparte de algunos curiosos a los que divirtió su aire desconcertado, con el ramo de flores marchitas que llevaba en la mano.

Knox entró por un pasillo y detuvo a una estudiante que le indicó el camino. Dio media vuelta, subió por una escalera de cuatro en cuatro hasta el primer piso.

—¡Chris!

Knox acababa de ver la rubia y amada cabeza junto a unas taquillas. Ella estaba hablando con una amiga. La chica se volvió con un sobresalto e hizo ademán de marcharse, con unas carpetas apretadas contra el pecho. Knox la tomó del brazo.

—¡Knox! ¿Qué haces tú aquí?

Y le llevó aparte.

—He venido a excusarme por lo de la otra noche. Te he

traído estas flores y un poema que he escrito para ti.

Él le tendió el modesto ramo de flores y una hoja de papel doblada en dos. Chris los miró un momento, pero no los aceptó.

—Si te ve Chet, te matará.

—No me importa —respondió Knox—. Te amo, Chris. Mereces algo mejor que ese animal de Chet. Alguien como yo, por ejemplo. Por favor, acepta estas flores.

—Knox, estás completamente loco.

Sonó el timbre y una gran efervescencia se extendió por los pasillos.

—Te lo ruego. Me he comportado como un imbécil y lo sé. Anda, por favor.

Chris pareció dudar.

—No —dijo ella finalmente—. Y no vuelvas a molestarme.

Dio media vuelta, entró en su aula y cerró la puerta.

El pasillo se vaciaba con rapidez. Knox dudó un momento, con el ramo en la mano. Luego, con paso decidido, siguió a la chica.

Los estudiantes estaban instalándose en sus pupitres. Knox pasó impertérrito ante el profesor, que estaba inclinado sobre el cuaderno de un alumno.

—¡Knox! —se sobresaltó la muchacha—. Debo de estar soñando.

—Sólo te pido que me escuches —dijo él, desplegando el poema.

Cuando empezó a leer, el profesor y los alumnos levantaron la cabeza.

> *Los cielos han creado a una chica llamada Chris*
> *una sonrisa de ángel, una piel de satén,*
> *acariciarla sería el paraíso*
> *y abrazarla una gloria sin fin.*

Chris se puso escarlata y hundió la cara entre las dos manos. Sus amigos escuchaban desternillándose de risa o intercambiaban miradas divertidas.

> *Han creado a una diosa y la han llamado Chris*
> *¿Cómo? Nunca lo sabré*
> *Pero si mi alma no puede rivalizar*
> *sin embargo, mi amor no hace más que crecer.*

Knox leía como si a su alrededor el mundo se hubiese desvanecido.

> *Dulzura de sus ojos de zafiro*
> *reflejos de su cabello de oro*
> *mi corazón sucumbe a su imperio*
> *feliz de saber que ella respira.*

Knox bajó el papel y se quedó mirando a Chris que, con la cara ardiendo, le observaba entre sus dedos. Knox dejó las flores y el poema encima del pupitre.
—Te amo, Chris.

CAPÍTULO XII

Knox salió de Ridgeway High a paso de carga y pedaleó sin descanso hasta Welton, inclinado sobre la bicicleta para enfrentarse mejor al viento y la nieve.

En el campus, la clase del señor Keating llegaba a su fin. Los chicos formaban un animado racimo alrededor de la mesa de su profesor, que les hacía reír a carcajadas leyéndoles extractos de las *Aventuras de Mr. Pickwick*. Sonó el timbre.

—Eso es todo por hoy, señores —dijo Keating, cerrando el libro con un movimiento seco de la muñeca.

Muchos chicos remoloneaban ante la idea de ir a clase de Latín.

—Neil —llamó Keating—, ¿puedo hablar con usted?

Los demás recogieron sus cosas y salieron al pasillo en grupos pequeños. El señor Keating esperó a que hubiesen salido todos para preguntarle a su alumno:

—¿Qué ha dicho su padre? ¿Ha hablado con él?

—Sí —mintió Neil.

—¿De veras? ¿Le ha repetido usted lo que me dijo ayer por la noche? ¿Le ha hablado de su pasión por el teatro?

—Sí —mintió Neil por segunda vez—; no le ha gustado, pero por lo menos ha aceptado dejarme actuar esta noche. De todos modos, no podrá asistir a la representación; ha ido a Chicago en viaje de negocios. Pero creo que me dejará seguir en el teatro; siempre con la condición de que mis estudios no sufran por eso, claro.

El adolescente evitaba cuidadosamente la mirada de su profesor. Su mentira resonaba con tanta fuerza en su conciencia que no oyó lo que decía Keating. Se puso los libros bajo el brazo y pretendió que no quería llegar tarde a la clase siguiente. Desconcertado por un momento, Keating le vio salir corriendo del aula.

Una vez de regreso en el recinto del colegio, Knox dejó la bicicleta apoyada en la pared de las cocinas, tras el edificio principal, y entró, helado pero triunfante. Se concedió una breve pausa para disfrutar del oloroso calor de las hornillas y, ante los ojos conciliadores de un pinche, hurtó de pasada un panecillo todavía humeante. Luego subió la escalera a grandes trancos para no faltar al principio de la clase siguiente. Al doblar por un pasillo, se dio de narices con sus compañeros.

—¡Vamos, cuenta! —fue la acogida de Charlie—. ¿Le has leído el poema?

—¡Sí! —Knox sonrió, tragando el último bocado de pan.

Pitts le felicitó con una enérgica palmada en la espalda.

—Y, ¿qué ha dicho ella?

—No lo sé —respondió Knox.

—¿Cómo que no lo sabes?

Knox trató de desembarazarse de ellos, pero el Club se cerró a su alrededor. Le empujaron a un aula desocupada.

—Venga, cuéntanoslo todo —dijo Charlie—. ¡Y desde el principio.

Caída la noche, los chicos estaban paseando por el gran vestíbulo de los dormitorios, a la espera de dirigirse junto con el señor Keating a Henley Hall, donde se iba a representar *El sueño de una noche de verano*. Maravillado todavía de su aventura de la mañana, Knox estaba sentado en una silla, a la vez pensativo y sonriente, loco de esperanza e incertidumbre.

—¿Dónde está Nuwanda? —preguntó de mal humor Meeks—. Si seguimos así, nos vamos a perder la entrada en escena de Neil.

—Dijo que quería pintarse de rojo antes de salir —dijo Pitts.

—¿Pintarse de rojo? ¿Qué quieres decir?

—Ya conoces a Charlie —respondió Pitts—. Con él siempre cabe esperar cualquier cosa.

En ese mismo momento, Nuwanda apareció en lo alto de la amplia escalera.

—¿Qué es esa historia de que te pintas de rojo? —le preguntó Meeks.

Charlie echó una mirada a su alrededor, y luego se desabotonó la camisa. Sus compañeros pudieron ver, pintado en un rojo fuerte, un relámpago cuyo extremo desaparecía cintura abajo.

—¿Para qué sirve? —preguntó Todd con ingenuidad.

—Es un símbolo indio de la virilidad; me proporciona una sensación de potencia. A las chicas les vuelve locas.

—¡Estás completamente chiflado! —declaró Cameron, parpadeando repetidas veces.

El grupo se disponía a salir cuando, procedente del exterior, un ángel rubio franqueó el umbral. Los chicos se quedaron de piedra ante la sublime aparición, con los ojos abiertos como platos. Pero el más sorprendido de todos fue sin duda Knox.

—¡Chris! —exclamó, con el corazón palpitante.

Corrió a su encuentro y, tomándola del brazo, la llevó a la primera estancia vacía.

La llegada del señor Keating puso fin a la fascinación soñadora en la que habían caído sus alumnos.

—Vamos, vamos, señores —les dijo, empujándoles hacia la puerta.

—En seguida me reúno con vosotros —les dijo Knox.

Chris y Knox salieron por una puerta lateral.

—Si te ven aquí, nos veremos los dos metidos en un buen lío —dijo él, tiritando de frío.

—Sin embargo, para ti no es problema dejarte caer en mi colegio y ponerme en ridículo, ¿no? —exclamó la chica.

—Calla, no hables tan alto. No tenía intención ninguna de ponerte en ridículo.

—¡Pues lo has conseguido! Y Chet se ha enterado y se ha puesto enfermo de rabia. Me ha costado todas las penas del mundo convencerle de que no viniese aquí. Quería matarte. ¡Esto no puede seguir, Knox!

—Pero es que te amo.

—Repites eso sin parar, y ni siquiera me conoces.

Tras ellos, Keating y el grupo, instalados en el gran automóvil familiar del colegio, llamaron a Knox con un ruidoso bocinazo.

—Id delante —les dijo Knox con un gesto—. Me reuniré con vosotros a pie.

Las ruedas patinaron un poco en la nieve y el coche enfiló la carretera embarrada con un rugido del motor, dejando tras de sí una nube de humo blanco.

La pareja dio unos pasos en silencio.

—Te equivocas, Chris —dijo Knox—. Te conozco de memoria. Desde que te vi por primera vez supe que eras maravillosa.

—¿Sin más ni más?

—Pues sí, sin más ni más. Es la mejor forma de no equivocarse.

—¿Y si por casualidad yo no sintiese nada por ti?
—En ese caso no hubieses venido aquí para ponerme en guardia contra Chet.

Chris no contestó, no sabiendo si debía adoptar una expresión irritada o divertida.

—Tengo que marcharme —dijo por fin—. Llegaré tarde para la función.
—¿Vas con Chet?
—¿Él, ir al teatro? ¡Estás de broma!
—Bueno, pues vayamos juntos.
—¡Knox, eres imposible!
—Dame al menos una oportunidad. Si te desagrado esta noche, entonces desapareceré de tu vida.

Chris denegó dubitativamente con la cabeza.

—Te lo prometo —aseguró Knox—. Palabra de poeta. Acompáñame esta noche. Y si luego no quieres volver a verme, te juro que lo aceptaré.

Chris pareció dudar.

—Si se entera Chet...
—Chet no se enterará. Nos sentaremos en el fondo de la sala y desapareceremos en cuanto se cierre el telón.
—Knox, si prometes que ésta es la última vez...
—Por el honor de los Poetas —dijo el chico, alzando la mano derecha.
—¿Y eso qué es?
—Palabra de honor.

Tenía una apariencia tan sincera que Chris acabó por exhalar un suspiro de rendición y por aceptar el brazo que el chico le ofrecía. La pareja se hundió en la noche en dirección a Henley Hall.

Cuando entraron en el salón de actos del colegio, el señor Keating y los demás chicos ya habían encontrado sitio en las primeras filas. Por su parte, Knox y Chris tomaron asiento en el fondo del patio de butacas.

En la escena, la representación acababa de empezar. Cuando Neil hizo su entrada, con la frente ceñida por una corona trenzada, el Club de los Poetas Muertos le tributó una acogida entusiasta. Afectado un momento por el miedo, Neil miró el negro vacío de la sala, las luces de las candilejas que no le dejaban ver las innumerables caras. En su butaca, Todd cruzó los dedos.

—Pues bien, espíritu, ¿dónde vais así errante? —empezó Neil, metiéndose en la piel de su personaje.

—Por las colinas, por los valles, cruzando por las breñas, las zarzas, por los cotos, los setos... —le respondió un hada.

—Dices verdad: yo soy ese rondador nocturno. Divierto a Oberon, y hago que sonría cuando engaño a un caballo gordo y bien alimentado con habas, relinchando como una potranca coqueta. A veces me oculto en el tazón de una comadre bajo la forma exacta de una manzana cocida; y cuando ella bebe, choco con sus labios y esparzo la cerveza sobre su seno marchito. La matrona más discreta, contando el cuento más serio, a veces me toma por un escabel de tres patas; entonces, resbalo bajo su trasero y ella se cae, sentada como un sastre, y le da un ataque de tos; y entonces la reunión se echa las manos a las costillas y estalla en risas y estornudos, y jura que jamás han pasado momentos más divertidos.

Neil había cautivado la atención del público desde el principio, y éste reía con sus bromas y su insolencia. Los versos salían de sus labios con facilidad y sus gestos daban cuerpo a las palabras. Unas veces bufón y otras trapacero, él era Puck. En la sala, sus amigos le seguían con atención. Supersticiosamente, Todd iba articulando en silencio las entradas, hundido en su asiento.

—¡Es bueno! ¡Es verdaderamente muy bueno! —le cuchicheó Charlie al señor Keating.

El profesor le mostró su asentimiento levantando un pulgar con el puño cerrado.

Lisandro y Hermia hicieron su entrada. Ataviada con un vestido de hojas y hierbas trenzadas, Ginny Danburry estaba deslumbrante como Hermia.

«El mismo césped nos servirá de almohada a los dos
Un corazón, un lecho, dos almas, una sola fe.
—No, mi buen Lisandro, por mi amor
querido mío, acostaos más lejos.»

Charlie consultó febrilmente el programa, buscando el nombre de la artista que interpretaba a Hermia.

—¡Ginny Danburry! ¡Es preciosa!

—«Pero, dulce amigo mío, en nombre de la cortesía
estrechadme desde menos cerca;
la humana modestia exige entre nosotros la separación
que corresponde a un galán virtuoso y a una virgen...»

Charlie cayó en el encantamiento. Mientras tanto, Neil estaba entre bastidores; su mirada iba de la escena al público, espiando sus reacciones por la rendija de un montante. De repente, el corazón le dio un salto en el pecho: acababa de ver la silueta rígida de su padre que entraba al fondo de la sala. La expresión del adolescente se mantuvo impasible.

En el escenario, Lisandro y Hermia acababan su escena.

—«He aquí mi lecho.
Que el sueño te otorgue todo su descanso.
Que guarde una mitad para cerrar tus ojos.»

Se tendieron en el suelo y se durmieron. Un interludio musical anunció la reaparición de Puck.

Neil entró en escena como a desgana, seguido a continuación por otros personajes. El joven actor estaba dotado de una presencia extraordinaria y el público no se equivocaba. Charlie, por su parte, no le quitaba ojo a Hermia. Knox se perdió la mitad de la obra, demasiado ocupado como estaba en contemplar a Chris, quien por su parte se sentía cada vez más atraída por su acompañante.

Al final del interludio, Neil se presentó solo en el escenario. Su párrafo final estaba dirigido a los espectadores, pero él lo dirigió muy especialmente a su padre, que se había quedado en pie al fondo de la sala.

> *Ya que somos sombras, si no hemos agradado*
> *figuraos tan sólo, y todo será perdonado,*
> *que no habéis hecho más que una suma*
> *mientras estas visiones se os aparecían.*
> *Este tema corto y vano,*
> *que no contiene más que un sueño,*
> *amables espectadores, no lo condenéis;*
> *lo haremos mejor si perdonáis.*
> *Sí, a fe del honesto Puck.*
> *Si tenemos la suerte inmerecida*
> *de escapar hoy al silbido de la serpiente*
> *lo haremos mejor antes de mucho*
> *o Puck quedará como mentiroso.*
> *Buenas noches, pues, a todos vosotros.*
> *Dadme las manos,*
> *si somos amigos,*
> *y Robin mostrará su agradecimiento.*

El telón cayó al final del monólogo. La sala entera se puso a aplaudir con entusiasmo. Los compañeros de Neil, conquistados por su talento, se levantaron como homenaje a su actuación. La asistencia entera les imitó poco a poco, obligando a toda la compañía a que saludase una y otra vez.

Los actores aparecieron para saludar uno tras otro. En medio de una salva de aclamaciones, la mirada de Ginny cayó sobre Charlie, que se destacaba de todos con sus «bravos» entusiastas y sus aplausos frenéticos. Knox sonrió a Chris y, con la alegría generalizada, se atrevió a tomarle la mano. La muchacha no opuso resistencia alguna.

Cuando Neil se adelantó un paso para hacer la reverencia ante el público, los aplausos se transformaron en ovación y el joven actor sintió entonces crecer una inmensa ola de felicidad que rompió sobre él y puso lágrimas en sus ojos.

Cuando cayó el telón definitivamente, los miembros de la compañía se abrazaron entre sí, riendo y llorando. Muchos espectadores entusiastas llegaron para felicitarles.

—¡Por favor! —se desgañitaba el director—. ¡Los padres y los amigos podrán reunirse con los actores en el vestíbulo!

—¡Neil! —llamó Todd desde su fila de butacas—. Te esperamos fuera. ¡Has estado formidable!

Ginny Danburry estaba rodeada de admiradores. Ignorando la orden expresa del director, Charlie saltó al escenario. Observó que Lisandro rodeaba con un brazo la cintura de la chica.

—¡Felicidades, Ginny! —dijo Lisandro besándola.

Sin desanimarse, Charlie se abrió camino hasta Ginny.

—Las estrellas resplandecen menos que tus ojos cuando actúas —dijo de una sola tirada al llegar ante ella.

Ginny sintió que era sincero y correspondió a su sonrisa. Se quedaron un momento mirándose a los ojos, hasta el punto en que Lisandro esbozó una sonrisa aturdida y le cedió el lugar a su rival.

Entre bastidores, la compañía llevaba a Neil a hombros. Pero el director pronto llegó para enturbiar esa alegría despreocupada.

—Neil, tu padre quiere verte.

Neil saltó al suelo, cogió su abrigo de una percha y se lo puso a toda prisa. Apartando el telón, vio a su padre que se impacientaba al fondo de la sala. Bajó del escenario y subió despacio por el pasillo, con la corona en la mano.

Charlie vio a su compañero.

—¡Neil! ¡Espera!

Pero el adolescente no le contestó. Charlie le vio reunirse con su padre, con la cabeza gacha. Presintiendo un drama, tomó a Ginny de la mano y la llevó hacia la salida.

Keating y el grupo del Club de los Poetas esperaban a Neil en el vestíbulo.

—Buenas noches a todos —dijo Knox reuniéndose con ellos—. Os presento a Chris.

—Hemos oído hablar mucho de ti —dijo Meeks, muy jovial detrás de sus gafas—. Bueno, quiero decir...

Ante la mirada indignada de Knox, se perdió en un balbuceo ininteligible.

De repente, las puertas se abrieron de par en par y dieron paso al señor Perry, que escoltaba a su hijo como a un prisionero. Charlie y Ginny seguían tras ellos. Al pasar, unos espectadores felicitaban al joven actor, que apenas les contestaba. Perdido entre la multitud, Todd intentó llegar hasta su amigo.

—¡Neil! —le gritó—. ¡Has estado genial!

—Anda, ven, vamos a celebrarlo —dijo Knox.

Neil alzó los ojos hacia ellos.

—No vale la pena —respondió con voz sin modulaciones.

El señor Keating pasó entre la multitud y puso las dos manos sobre los hombros de su brillante alumno.

—¡Neil, has estado magnífico! —dijo, con los ojos brillantes.

El señor Perry se interpuso.

—¡Apártese usted de mi hijo!

Se produjo un silencio glacial. Los dos hombres se enfrentaron un momento con la mirada. El señor Keating parecía desazonado por esa animosidad, a la que no respondió. El señor Perry llevó a Neil hasta su automóvil y le ordenó subir en él. Charlie quiso seguirles, pero Keating le retuvo por la manga.

—No agrave usted las cosas —dijo con tristeza.

El señor Perry puso el contacto y partió como un huracán. La cara de Neil apareció fugitivamente tras el cristal posterior. Sus ojos brillantes de desesperación parecieron dirigir un último adiós a sus amigos, agrupados en los primeros escalones del teatro.

—¡Neil! —llamó una vez más Todd, echando a correr detrás del automóvil que se alejaba.

Anonadados, los miembros del Club de los Poetas Muertos se quedaron inmóviles un momento.

—Nuestra fiesta se ha venido abajo —dijo por fin Charlie—. ¿Y si volviésemos andando, mi Capitán?

—Como quieran —respondió éste.
Pero el joven profesor había contestado con voz distraída. Su mirada seguía vuelta hacia la esquina de la calle donde el automóvil negro acababa de desaparecer.

CAPÍTULO XIII

Consumida por la inquietud, con los ojos enrojecidos por el llanto, la madre de Neil esperaba en el despacho de su marido, encogida sobre una butaca, atenta a cualquier ruido procedente del exterior. Tuvo un sobresalto cuando oyó el ruido de las dos puertas del automóvil.

Poco después, el señor Perry entró en la estancia y fue directamente a su escritorio, seguido de Neil, que seguía con el traje de Puck y con la mirada fija. El chico se volvió hacia su madre y abrió la boca para hablarle, pero su padre le interrumpió inmediatamente:

—Neil, tu madre y yo nos esforzamos por comprender por qué te obstinas en llevarnos la contraria, pero sea lo que sea no te dejaré desperdiciar estúpidamente tu vida. Mañana mismo te retiro de Welton y te inscribo en la academia militar de Braden. Luego, irás a Harvard y estudiarás Medicina.

Unas lágrimas brotaron de los ojos de Neil mientras una bola de fuego le apretaba la garganta.

—Pero, padre —suplicó—, eso quiere decir que pasarán todavía diez años. ¡Casi una vida entera!

—¡Cállate! —gritó el señor Perry—. Oyéndote, parece que eso ha de ser peor que la cárcel. Trata de tener en cuenta —siguió diciendo con un tono más suave— que tienes a tu disposición unas posibilidades que yo ni siquiera me atrevía a soñar. No tengo la intención de quedarme con los brazos cruzados viéndote desperdiciarlas.

—Pero, ¡por qué nadie me pregunta lo que yo pienso! —estalló Neil—. ¿Por qué nadie me pregunta lo que yo tengo ganas de hacer?

—Muy bien; dime qué es lo que quieres.

Pero el tono airado del señor Perry decía muy claro que no estaba dispuesto a escuchar.

—¡Vamos, habla! Pero, te lo advierto, si es otra vez esa historia del teatro, ya puedes olvidarlo. Entonces, ¿qué es? ¡Vamos, te escucho!

Neil sabía que sus esfuerzos serían vanos. El muro de incomprensión con el que siempre había chocado se levantaba delante de él, sin fisuras, invencible.

—Nada —murmuró bajando la cabeza.

—Entonces, puesto que no es nada —concluyó el señor Perry con satisfacción—, vámonos todos a acostar.

Y salió de la estancia sin volverse.

La madre de Neil pareció querer decirle algo a su hijo, pero no encontró las palabras. Se limitó a ponerle una mano en el hombro.

Neil tenía la mirada perdida en el vacío. Sin embargo, por un momento, un recuerdo hizo brillar sus ojos.

—He estado bien, mamá. Si hubieses podido verlo. He estado realmente muy bien.

Y luego sus ojos parecieron de nuevo mirar al vacío.

Mejor que volver directamente a Welton, los Poetas Muertos habían decidido darse una vuelta por la cueva. Todd,

Meeks, Pitts, Charlie y Ginny, Knox y Chris se instalaron muy juntos para calentarse. Charlie tenía un vaso de vino en la mano y una botella extinta había rodado al suelo. Como símbolo de Neil, que lo había llevado a la cueva, el «genio de la caverna» aparecía entronizado en una roca y los Poetas Muertos contemplaban con aire taciturno la llamita que saltaba y danzaba.

—Knox —cuchicheó Chris—, tengo que volver. Chet podría llamarme.

—Espera aún un poco —repuso Knox tomándole la mano—. Lo habías prometido.

—¡Eres verdaderamente imposible! —murmuró la muchacha sonriendo.

—Bueno, y ¿dónde está Cameron? —preguntó Meeks.

Charlie tomó un sorbo de vino.

—¿Y a quién puede importarle?

Todd se levantó de repente y martilleó contra la pared con los puños.

—Así es como saludaré al padre de Neil la próxima vez.

—No digas tonterías —dijo Pitts.

Todd se volvió. De repente, una cara conocida apareció en la boca de la cueva, aureolada por la claridad de la luna.

—¡Señor Keating! —exclamaron los chicos a coro.

Charlie se apresuró a hacer desaparecer el vaso y la botella de vino.

—Ya sabía yo que les encontraría aquí —empezó diciendo el profesor—. Vamos, señores, fuera esas caras de funeral. Neil sería el primero en decírselo.

—¿Por qué no hacemos una sesión en su honor? —propuso Charlie—. ¿De acuerdo, mi Capitán? ¿Quiere usted abrir la sesión?

Los demás lo aprobaron.

—No sé... —dudó el señor Keating.

—Venga, señor Keating, por favor.

El profesor les miró a la cara de uno en uno.

—Está bien, pero entonces que sea por todo lo alto.

Calló un momento.

—Me fui a los bosques porque quería vivir sin prisas. Quería vivir intensamente y sorberle todo el jugo a la vida. Dejar a un lado todo lo que no era la vida. Para no descubrir, a la hora de mi muerte, que no había vivido.

Hizo una pausa.

—De E. E. Cummings.

Lanzaos en pos de vuestros sueños
o un slogan podría hundiros
(Los árboles son sus raíces
y el viento es el viento)
Seguid a vuestro corazón
si las aguas se queman
(y vivid de amor
incluso aunque las estrellas se muevan a saltos)
Honrad el pasado
pero acoged al futuro con los brazos abiertos
(Y danzad para arrojar a la muerte
fuera de este connubio)
Qué importa el mundo
sus buenos y sus malos
(porque Dios ama a las muchachas
las mañanas y la tierra).

Keating calló y le tendió el libro a la asamblea.

—¿Quién quiere leer?

No hubo respuesta.

—Vamos, no se hagan los tímidos.

—Yo tengo algo que leer —dijo Todd.

Sorprendidos al ver que tomaba así la iniciativa, todos le prestaron una atención religiosa. El chico sacó del bolsillo unas hojas de papel que distribuyó a su alrededor.

—Leed este verso entre las estrofas.

Tomó entonces otro papel y empezó a leer:

*Soñamos días de mañana
que nunca llegan
Soñamos una gloria
que no deseamos
Soñamos un nuevo día
cuando ese día ya ha llegado
Huimos de una batalla
en la que deberíamos pelear.*

Todd hizo un gesto con la cabeza. Todos leyeron a coro:

Y sin embargo dormimos.

Todd volvió a leer solo:

*Esperamos la llamada
sin adelantarnos a ella
Basamos nuestras esperanzas en el futuro
cuando el futuro no es más que vanos proyectos
Soñamos con una sabiduría
que evitamos cada día
Llamamos con nuestras plegarias a un salvador
cuando la salvación está en nuestras manos*

Y sin embargo dormimos

*Y sin embargo dormimos
y sin embargo rezamos
y sin embargo tenemos miedo.*

Todd volvió a doblar cuidadosamente el papel con su poema. Los demás aplaudieron.

—¡Ha sido magnífico! —dijo Meeks.

Radiante, Todd recibió las felicitaciones sonrojándose un poco. Keating sonrió con orgullo al pensar en los progresos sorprendentes de su alumno. Arrancó de la roca un bloque de hielo traslúcido y se lo llevó ante los ojos.

—En mi bola de cristal —dijo adoptando una voz temblona— veo un glorioso futuro para Todd Anderson.

Intercambiaron una larga mirada de complicidad, y luego Todd se arrojó a los brazos de su profesor. Tras este breve abrazo, el señor Keating se volvió a los demás:

—Y ahora —anunció—, *El general Booth entra en el Paraíso*, de Vachel Lindsay. Cuando yo pare, ustedes preguntan: «¿Os habéis lavado en la sangre del cordero?» ¿Entendido?

—Entendido, Capitán.

Keating empezó a recitar:

Booth dirigía con orgullo la marcha con su tambor...

Los chicos respondieron en cantilena:

¿Os habéis lavado en la sangre del cordero?

Keating salió de la cueva, seguido en fila india por el grupo de adolescentes.

Sentado a los pies de la cama, en la penumbra de su habitación, Neil mantenía los ojos vueltos hacia la ventana. La pasión que le había inflamado en el escenario había abandonado su cuerpo. El tumulto de la sangre en sus venas se había calmado. Cualquier vestigio de emoción había desaparecido de su rostro y de su corazón. Tenía la sensación de ser tan sólo una concha vacía y frágil a la que el peso de la nieve hubiese bastado para triturar.

Con gestos lentos y precisos, se quitó la chaqueta del pijama y fue a abrir la ventana de guillotina. Un viento helado penetró inmediatamente en la habitación y entró en su alma. Neil permaneció en pie sin mover un músculo, esperando a dejar de sentir la mordedura del frío en su piel.

CAPÍTULO XIV

La noche clara y fría brillaba con un resplandor singular. Miríadas de estrellas perforaban el cielo y la luna llena se reflejaba en la nieve, nimbando las suaves colinas de Vermont con una luz cristalina. El hielo que cubría la brizna más pequeña con un barniz destellante transformaba el bosque en un palacio de cristal y diamante, a través del cual serpenteaban los Poetas Muertos siguiendo los pasos del señor Keating, que recitaba en voz alta:

«Los Santos le sonrieron con gravedad y dijeron: Ha venido...»

—¿Os habéis lavado en la sangre del cordero? —respondieron los chicos a coro.

Cristo se acercó lentamente
vestido con una túnica, con una corona en la cabeza
para Booth el soldado
y la multitud puso una rodilla en tierra

*Vio a Jesucristo. Estaban cara a cara,
y él se arrodilló llorando en ese santo lugar.*

—¿Os habéis lavado en la sangre del cordero?

Mientras el Club se movía en la noche tranquila, un silencio absoluto reinaba en casa de los Perry. El señor y la señora Perry se habían acostado y habían apagado la lámpara de cabecera. No oyeron la puerta de Neil. El adolescente recorrió el pasillo y bajó la escalera de puntillas.

Una claridad azul reinaba en el despacho del señor Perry. Neil fue hasta el secreter de su padre, abrió el cajón de arriba y deslizó la mano hasta el fondo. Sus dedos tantearon un momento antes de encontrar una pequeña llave, con la que abrió el cajón de abajo. Antes de hundirse en el sillón de cuero, tomó la corona trenzada que llevaba Puck, que había quedado olvidada en el escritorio, y se la puso ciñendo su frente.

—¿Os habéis lavado en la sangre del cordero?

Los rayos de la luna jugaban en las cascadas inmovilizadas por el hielo. El mágico paisaje se unía a la magia de las palabras para envolver a los Poetas Muertos en un universo de pureza irreal. El grupo empezó a bailar y a jugar en la nieve, movediza zarabanda en un decorado inmóvil. La espesa alfombra blanca apagaba sus pasos y el aire era tan frío que las palabras parecían helarse al salir de sus bocas.

Knox se llevó a Chris aparte y se besaron largamente, saboreando el contraste entre la luna helada que lucía sobre sus cabezas y el suave calor de sus labios.

El señor y la señora Perry dormían profundamente cuando un ruido rotundo y breve rompió el silencio de la noche.

—¿Qué pasa? —exclamó el señor Perry incorporándose súbitamente.
—¿Qué? —preguntó su mujer, aún adormilada.
—Ese ruido... ¿No has oído nada?
—¿Qué ruido?

El señor Perry se sentó en la cama. Sus pies encontraron instintivamente las zapatillas. Abrió la puerta que daba al pasillo y escuchó. Ni un ruido. Salió al pasillo y vio la puerta entreabierta de la habitación de Neil, que estaba desierta.

—¡Neil! —llamó—. ¡Neil!

La señora Perry salió a su vez, poniéndose la bata.

La señora bajó siguiendo a su marido, que entraba ya en el despacho. Él encendió la lámpara del techo y recorrió la estancia con la mirada. Todo parecía normal. Iba a salir otra vez cuando advirtió un acre olor a pólvora. Sus ojos descubrieron de repente un objeto que brillaba con un resplandor sombrío sobre la alfombra. Reconoció su revólver.

El corazón le dejó de latir. Rodeó el escritorio y vio una mano pálida y exánime, con la palma vuelta hacia el cielo.

—¡NEIL!

Un grito de horror le salió del pecho. Neil yacía en el suelo, con la cabeza cubierta de sangre. Vencido por el dolor, el señor Perry cayó de rodillas y abrazó a su hijo. Acudiendo a toda prisa, su mujer lanzó un grito y se dejó caer en el suelo, con un ataque de histeria.

—¡Mi hijo! ¡Neil! ¡No! ¡No tiene nada! ¡Dios mío, dime que no le pasa nada!

Apretujados en el enorme automóvil, el señor Keating y los chicos acompañaron a las muchachas hasta sus casas y regresaron a Welton ya tarde.

—Estoy muerto, agotado —dijo Todd arrastrándose hasta su habitación—. Creo que dormiré hasta el mediodía.

Pero al día siguiente por la mañana, a primera hora,

Charlie, Knox y Meeks entraron en su habitación. Sus rostros estaban lívidos. Se quedaron mirando un momento a Todd, que dormía a pierna suelta.

—Todd... —llamó Charlie en voz muy baja—. Todd...

Le sacudió por el hombro. El chico abrió los ojos y se incorporó, aún entumecido por el sueño. Guiñó los ojos por efecto de la pálida luz, luego los volvió a cerrar y apoyó la cabeza en la pared. Luego, tanteó buscando el despertador, lo cogió y frunció el ceño.

—Sólo son las ocho. Aún tengo sueño.

Volvió a acostarse y tiró de las mantas para arroparse. Pero de repente volvió a incorporarse, con los ojos abiertos de par en par. Sus amigos seguían a los pies de su cama sin decir nada, y comprendió que había sucedido algo dramático.

—Todd, Neil ha muerto. Se pegó un tiro en la cabeza —le dijo Charlie.

Un profundo agujero negro se abrió ante los ojos de Todd.

—¡Oh, no! ¡Neil!

El corazón se le subió a la boca. Con un ataque de vértigo, saltó fuera de la cama y salió al pasillo gritando. En el cuarto de baño, se arrodilló delante del bidet y vomitó hasta que sintió que las tripas iban a salírsele por la boca. Sus amigos habían ido tras él, incapaces de encontrar ni una palabra de consuelo.

Todd salió, con las mejillas llenas de lágrimas. Sus piernas temblorosas apenas le sostenían.

—¡Todo el mundo ha de saber que su padre tiene la culpa! —exclamó sublevado—. ¡Neil nunca se hubiese matado! ¡Amaba demasiado la vida!

—No dices en serio que su padre...

—¡Con el revólver, no! —exclamó Todd—. Pero si no fue él quien apretó el gatillo, sí ha sido el que...

Los sollozos le enmudecieron.

—¡Aunque no fuese él el que disparó —dijo, reponiéndose—, es el responsable de su muerte!

Se lanzó contra la pared, estrellándose de cara contra la piedra, con los brazos en cruz.

—¡Neil! ¡Neil!

Cayó despacio de rodillas, apoyado en la pared, llorando, y sus compañeros, impotentes, le dejaron ahí, desplomado sobre el mosaico del cuarto de baño, abrumado por la pena.

Al enterarse de la terrible noticia, el señor Keating fue a refugiarse en el silencio oscuro de su clase. Permaneció mucho rato contemplando por la ventana ese día sin brillo que no acababa aún de empezar, esa nieve tan gris como las nubes, ennegrecida aquí y allá por bosquecillos de árboles sin hojas.

Se sentó en el pupitre de Neil y abrió en la primera página su viejo volumen de poesía. El murmullo de su voz resonó suavemente en el aula:

—Para no descubrir, a la hora de mi muerte, que no había vivido...

Sus ojos se llenaron de lágrimas y se echó a llorar en silencio en la penumbra.

Un cielo descolorido pesaba sobre las colinas de Vermont y una borrasca helada azotaba la comitiva fúnebre acompañada por el lamento de una gaita.

Llevado a hombros por los Poetas Muertos, Neil fue enterrado en el cementerio del pueblo de Welton. Su madre, una frágil figura vestida de negro, siguió la procesión apoyándose en el brazo del señor Perry, cuyo rostro se mantenía impenetrable. El señor Nolan, el señor Keating y los demás profesores formaban un cerco solemne alrededor de la tumba mientras bajaban el ataúd.

Después del entierro, todo el colegio se reunió en la capilla de Welton. Los profesores, entre ellos el señor Keating, estaban de pie en el coro. Los reunidos cantaron un himno y luego el capellán subió al estrado.

—Señor todopoderoso, te rogamos que en tu inmensa misericordia acojas a Neil. Bendícele y siéntalo a tu diestra. Que la luz de tu bienaventuranza ilumine su camino y que él comparta la gloria de tus elegidos. Perdónale sus ofensas y concédele la paz eterna. Amén.

—Amén —respondieron los asistentes a la vez.

El capellán le cedió el lugar al decano.

—Señores —empezó con voz sonora—, la muerte de Neil Perry es una verdadera tragedia. Era uno de los mejores elementos de Welton y siempre le lloraremos. Hemos establecido contacto con los padres de cada uno de ustedes para explicarles la situación; su inquietud es muy comprensible. A petición de la familia Perry, tengo la firme intención de hacer una investigación rigurosa acerca de este hecho. Espero toda su colaboración.

Con estas palabras grávidas de amenazas, el decano abandonó el estrado y la reunión se disolvió en silencio. Charlie, Todd, Knox, Pitts, Meeks y Cameron salieron juntos, pero se separaron sin intercambiar una palabra.

Con excepción de Meeks y de Cameron, se reunieron más tarde en el sótano del dormitorio. Sentados en viejos baúles, parecían esperar. Llamaron a la puerta. Entró Meeks.

—Es imposible encontrarle —dijo, separando los brazos con un gesto de impotencia.

—¿Sabía lo de la reunión? —preguntó Charlie.

—Se lo he dicho y repetido.

—¡Pues ya está! ¡Estaba seguro!

Charlie levantó los ojos al cielo. Fue hasta una lumbrera y paseó la mirada por el campus, cuyo césped caía en suave pendiente a la altura de sus ojos. Luego se volvió a sus compañeros.

—Estamos listos, chicos —dijo.

—Y eso, ¿por qué? —preguntó Pitts.

—¡Cameron es un soplón! En este mismo momento se lo está contando todo a Nolan.

—Contándole ¿qué?

—Lo del Club, Pitts. Piénsalo.

Pitts y los demás intecambiaron miradas perplejas.

—Alguien tiene que cargar con el muerto —explicó Charlie—. Cuestiones de suicidios como ésta han hundido a más de un colegio. Es malo para la reputación.

Hubo un silencio. Los hombros acusaron el desánimo. De repente oyeron que se abría una puerta en el pasillo. Knox fue a la puerta y vio a Cameron que entraba en el vestíbulo. Le hizo gesto con la mano de que se acercase.

—Cameron —llamó en voz baja.

Cameron le vio. Pareció dudar un momento y luego cruzó el vestíbulo en dirección al sótano. De pronto tuvo la sensación de que se encontraba ante un tribunal.

—¿Qué hay de nuevo, chicos? —preguntó, aclarándose la voz.

—Nos has delatado, ¿no es verdad, Cameron? —dijo Charlie, agarrándole por el cuello.

Cameron se debatió para escapar y se quedó pegado a la pared. Sus ojos parpadeaban más de prisa que de costumbre.

—¡Que os zurzan, tarados! No sé de qué me estáis hablando.

—Acabas de contarle a Nolan todo lo del Club —le acusó Charlie.

—Por si no lo sabes, Dalton, en esta escuela existe un código del honor; si un profesor te hace una pregunta, has de contestar la verdad o te expulsan.

Charlie dio un paso hacia Cameron.

—¡Eres una basura!

Meeks y Knox le retuvieron cada uno de un brazo.

—Espera, Charlie...

—¡Este individuo hiede! Está de mierda hasta el cuello, de manera que ha decidido salvar el cuello él solo.

—Déjale en paz —dijo Knox—. Si le tocas un solo pelo te la cargas.

—De todas maneras, ya estoy expulsado —replicó Charlie, desembarazándose del agarrón con un gesto.

—Por lo menos, tiene razón en eso —intervino Cameron—. Y si no sois completamente idiotas, haréis lo mismo que yo y aceptaréis prudentemente colaborar. No van detrás de nosotros. Nosotros sólo somos víctimas inocentes. Lo mismo que Neil.

—¿Qué dices? —dijo Charlie—. ¿Detrás de quién van entonces?

—Del señor Keating, claro. Del Capitán en persona. ¿Quieres mejor chivo expiatorio?

—¿El señor Keating? ¿Él, responsable de la muerte de Neil? ¿Qué están tramando?

—¿Pues quién si no, imbécil? —dijo Cameron, con una risa nerviosa—. ¿La administración? ¿El señor Perry? Ha sido Keating quien se nos ha comido el coco, ¿no? Si no fuese por él, Neil estaría tranquilamente tumbado en la cama estudiando Química y soñando con su futura carrera de médico.

—¡Eso es mentira! —se rebeló Todd—. El señor Keating nunca le ha dictado su conducta. Neil adoraba el teatro.

Cameron se encogió de hombros.

—Piensa lo que quieras —dijo con una cierta condescendencia—. Pero lo que yo digo es: dejemos que Keating se las cargue. ¿Por qué vamos a estropear nuestras vidas?

—¡Cerdo!

Un violento puñetazo acompañó el insulto. Cameron cayó de espaldas. Charlie ya estaba preparado para golpearle otra vez.

—¡Charlie! —le contuvo Knox.

Cameron se llevó la mano a la nariz, que chorreaba sangre. Sonrió aún con malicia.

—Acabas de firmar tu expulsión, Nuwanda —dijo sarcásticamente.

Charlie le dirigió una mirada llena de desprecio y salió. Los otros fueron tras él.

Desde el suelo, Cameron les gritó:

—Si no sois completamente imbéciles, haréis lo mismo que yo. De todas maneras, lo saben todo. No podéis hacer nada por Keating, pero aún podéis salvaros vosotros.

CAPÍTULO XV

La cama de Neil ya estaba deshecha, con las mantas cuidadosamente dobladas a los pies, encima del colchón de anchas rayas grises. Sentado en la ventana, Todd miraba a través de los cristales hacia el edificio de la administración de Welton. Meeks salió de allí junto al profesor Hager y entró cabizbajo en el dormitorio.

Un momento después, por la puerta entreabierta, vio que Hager acompañaba al chico hasta la entrada del pasillo.

Con las gafas en la mano, Meeks pasó a la altura de su compañero sin verle. En sus mejillas se adivinaban las huellas de las lágrimas. Entró en su habitación y cerró la puerta tras sí.

—Knox Overstreet —llamó Hager sin impaciencia alguna.

Knox salió de su habitación y se reunió con Hager. Los dos desaparecieron escaleras abajo.

Cuando vio vía libre, Todd salió sin ruido de su habitación y fue a llamar a la puerta de Meeks.

—Soy yo, Todd.
—Déjame —le contestó Meeks con voz entorpecida por los sollozos—. Tengo trabajo.
Todd dudó, comprendiendo lo que había ocurrido.
—¿Y Nuwanda? —preguntó a través de la puerta.
—Expulsado.
—¿Qué les has dicho tú?
—Nada que ellos no supiesen ya.

Todd se alejó; no iba a conseguir nada más de su desventurado camarada. Volvió a su puesto de observación. Poco después, Hager escoltaba a Knox al dormitorio. Todd entreabrió su puerta otra vez. Hager y Knox aparecieron al final del pasillo. La expresión de Knox reflejaba la tempestad que le agitaba. Sus ojos brillaban, sus mejillas temblaban. Todd se pegó de espaldas a la pared, horrorizado ante la idea de que hubiesen conseguido doblegar a Knox.

Su nombre resonó en el pasillo.
—Todd Anderson.

Hager le estaba esperando. El chico inspiró profundamente, alzó un momento los ojos al cielo y luego abrió la puerta y se dirigió arrastrando los pies hacia el anciano profesor.

Por el camino podía oír la respiración agobiada de Hager, a quien ese ir y venir le tenía agotado. El anciano profesor dijo que parase a la entrada del edificio, para darse un momento de respiro.

El chico y el anciano subieron lentamente los escalones que llevaban a la oficina de Nolan. Todd imaginaba que estaba subiendo a la horca.

Hager le hizo entrar y cerró tras él la pesada puerta forrada de cuero. El decano estaba ante su escritorio, sentado en su sillón. A su derecha, ligeramente atrás, Todd vio con sorpresa a sus padres.

—Papá..., mamá...
—Tenga la bondad de sentarse, señor Anderson.

Todd tomó asiento en la silla vacía que le esperaba ante

el escritorio de Nolan. Echó una ojeada hacia sus padres, que estaban inmóviles y con el rostro sin expresión. Todd frotó ligeramente sus manos húmedas la una contra la otra.

—Señor Anderson —empezó Nolan con autoridad—, ya sabemos, *grosso modo*, lo que ha pasado aquí. Admite usted haber formado parte de ese Club de los Poetas Muertos, ¿no es verdad?

Los ojos de Todd fueron de Nolan a sus padres. Cerró los ojos y afirmó con la cabeza.

—¡Contesta! —ordenó su padre.
—Sí —murmuró Todd.
—No le he oído —dijo Nolan.
—Sí, señor —dijo Todd, apenas más alto.
Nolan le mostró un fajo de papeles.

—Aquí hay una descripción detallada de lo que eran esas reuniones. Es la prueba irrefutable de que su profesor de Letras, el señor Keating, ha sido su instigador, y de que con ello ha provocado la eclosión de comportamientos indisciplinados. Además, estos testimonios prueban que el señor Keating, tanto en clase como fuera de ella, animó a Neil a satisfacer su inclinación por el teatro aun sabiendo que ello iba en contra de la voluntad explícita de sus padres. Excediéndose escandalosamente en sus atribuciones, el señor Keating se hizo así responsable de la muerte de Neil Perry.

Nolan le tendió el documento a Todd.

—Léalo con atención. Si no tiene nada que añadir o ninguna corrección que hacer, entonces le ruego que firme.

Todd tomó los papeles y los leyó atentamente. Cuando hubo acabado su lectura, el papel le temblaba entre los dedos. Levantó los ojos.

—¿Qué... qué va a pasarle al señor Keating? —le preguntó a Nolan.

Su padre se levantó y le tomó por el brazo.

—Eso a ti no te importa.
—Déjele, señor Anderson —le tranquilizó el decano, seguro de su victoria—. Siéntese, por favor. Quiero que lo sepa.

Miró al adolescente a los ojos.

—Aún no sabemos si el señor Keating ha infringido la ley. Si ése es el caso, la justicia se hará cargo de él. Pero lo que nosotros podemos hacer ahora mismo, y su firma como la de sus compañeros nos ayudará a hacerlo, es ocuparnos de que el señor Keating no enseñe nunca más.

—¿Que... que no enseñará nunca más? —balbució Todd.

Su padre se levantó otra vez.

—Ya basta, Todd. Firma ese papel.

—Cálmate, querido —dijo su mujer.

—Pero... ¡enseñar es toda su vida!

—Eso a ti no te concierne —dijo su padre.

—¿Y en qué os concierno a vosotros *yo*? —replicó el chico volviéndose a sus padres—. El señor Keating se interesa más por mí de lo que vosotros lo habéis hecho nunca.

El padre de Todd se irguió sobre su hijo, lívido de rabia, y le alargó una estilográfica.

—¡Firma!

Todd dijo que no con la cabeza.

—No firmaré.

—¡Todd! —sollozó su madre.

—¡Es un tejido de mentiras! ¡Me niego a firmar!

Su padre intentó ponerle en la mano la estilográfica por la fuerza. Nolan se levantó de su asiento.

—Tanto peor —dijo—; que sufra las consecuencias.

Rodeó su escritorio y fue a colocarse ante Todd.

—¿Crees que podrás salvar al señor Keating? Tú mismo acabas de verlo, tenemos las firmas de tus cómplices. Pero si no firmas, quedarás bajo todo el rigor del reglamento hasta el final del curso y arrestado todas las noches y fines de semana. Y si pones tan sólo los pies fuera del recinto del colegio, eso supondrá tu expulsión pura y simple.

El decano y los padres de Todd observaron al adolescente, esperando un signo de capitulación.

—No firmaré —repitió el chico por fin, con voz suave pero firme.

—Entonces volveremos a hablar esta tarde después de las clases —dijo Nolan con una nota de irritación en la voz—. Puedes retirarte.

Todd se levantó y salió de la oficina sin mirar a sus padres.

—Lo siento —dijo la señora Anderson dirigiéndose al decano cuando su hijo hubo cerrado la puerta forrada de cuero—. Me siento culpable...

—Nunca hubiésemos debido enviarle aquí —dijo el señor Anderson, mirándose las puntas de los zapatos.

—Vamos, vamos —dijo Nolan—. A su edad, los chicos son muy influenciables. Nosotros le devolveremos al camino recto.

Al día siguiente, el señor McAllister paseaba por el campus a la cabeza de un grupo de alumnos. En lugar de abrumarles con declinaciones, el profesor de Latín había optado por una lección *in situ* y *de visu*.

—Nieve es *nix, nicis*; edificio es *aedificium, aedificii*; escuela, *schola, scholae*...

Esta modesta innovación pedagógica era también para él un guiño que le hacía a su colega a punto de partir.

El señor McAllister se detuvo y alzó los ojos hacia las ventanas de la zona reservada a los profesores. Pudo ver la silueta del señor Keating, con el rostro vuelto hacia el horizonte. Las miradas de los dos hombres se cruzaron y el señor McAllister hizo un leve gesto de adiós. Luego, suspiró y echó a andar otra vez.

—*Magister, magistri*, maestro; *arbor, arboris*, árbol...

Keating se apartó de la ventana. Recogió los libros que había en una estantería encima del escritorio: Byron, Whitman, Wordsworth. Luego, pensándolo mejor, los abandonó a su suerte y cerró la maleta. Echó una última ojeada a la pequeña habitación y desapareció en el pasillo, con la maleta en la mano.

Los que habían sido sus alumnos estaban en clase de Literatura. Todd estaba encogido en su silla como el primer día de clase, con los ojos fijos en el suelo. Knox, Meeks y Pitts no parecían estar mucho mejor. Todos los antiguos miembros del Club de los Poetas Muertos se sentían demasiado culpables como para atreverse siquiera a intercambiar una mirada. Sólo Cameron parecía casi normal, con los ojos fijos en su cuaderno como si nada.

Recordando el drama que acababa de vivir Welton, los pupitres vacíos de Neil y de Charlie dejaban dos enormes huecos en las filas de la clase.

La puerta se abrió de repente y el señor Nolan entró en el aula. Los chicos se levantaron y no volvieron a sentarse hasta que el decano se hubo sentado ante su mesa.

—Voy a hacerme cargo de esta clase hasta los exámenes —dijo mirando a su alrededor—. Encontraremos un profesor titular durante las vacaciones. Bien. ¿Quién puede decirme en qué punto del Pritchard se encuentran ustedes?

Nolan levantó la nariz, esperando una respuesta que no llegó.

—¿Señor Anderson?

—¿En el... Pritchard? —repitió Todd, con voz apenas audible.

Hojeó nerviosamente su libro.

—No le oigo, señor Anderson.

—Yo... Creo que... Nosotros...

—Señor Cameron —le interrumpió Nolan, exasperado con esos balbuceos—. Responda usted, por favor.

—Hemos ido saltando bastante, señor. Hemos estudiado a los románticos y algunos capítulos de la literatura de después de la guerra de Secesión.

—¿Y los realistas? —preguntó el decano.

—Creo que los hemos saltado —respondió Cameron.

Nolan se quedó un momento mirando a Cameron con fijeza.

—Muy bien —dijo finalmente—. Empezaremos desde el

principio. ¿Qué es la poesía?

No se levantó ninguna mano. De repente, la puerta del aula se abrió y el señor Keating apareció en el umbral.

—He venido a recoger mis cosas —le dijo al señor Nolan—. ¿Prefiere usted que espere hasta el final de la clase?

—No, recoja sus cosas, señor Keating —repuso el decano con un gesto de impaciencia—. Señores, abran sus libros en la página veintiuno de la introducción. Señor Cameron, ¿quiere usted leer, por favor, el excelente prefacio del profesor Pritchad sobre la apreciación de la poesía?

—Señor Nolan, esa página se ha arrancado del libro.

—Entonces coja el libro de uno de sus compañeros —replicó el decano.

—Todas están arrancadas, señor.

Nolan miró a Keating con malevolencia.

—¿Qué quiere usted decir con eso de que todas están arrancadas? —preguntó.

—Señor, nosotros...

—Está bien —dijo Nolan.

Se levantó y le tendió su propio ejemplar a Cameron.

—¡Lea!

—«Comprender la poesía», por el doctor en letras J. Evans Pritchard. «Para comprender la poesía, en primer lugar hay que familiarizarse con la métrica, el ritmo y las figuras estilísticas. A continuación hay que plantearse dos preguntas. En primer lugar, ¿el tema está tratado con arte...?

Keating estaba delante de su armario, en un rincón de la clase. La ironía del azar, que había querido que el señor Nolan eligiese leer precisamente el texto de Pritchard, le hizo esbozar la sombra de una sonrisa. Dirigió una mirada a sus alumnos. Vio a Todd, con las facciones crispadas y lágrimas en los ojos. Vio a Knox, Pitts, Meeks... todos ellos con la cabeza gacha, demasiado avergonzados para mirarle. Suspiró y, luego, acabó de sacar sus cosas y recorrió el aula para ir hacia la puerta.

Tenía ya la mano en el pomo cuando, a su espalda, Todd

se levantó de un salto y estalló:

—¡Señor Keating, nos obligaron a firmar! —gritó, cubriendo la voz monocorde de Cameron.

Nolan se quedó rígido de cólera.

—¡Cállese, señor Anderson!

—¡Es la verdad, señor Keating! —insistió Todd—. ¡Tiene que creerme!

—Le creo —respondió Keating con calma, sin el menor signo de amargura.

Nolan estaba encendido por la indignación al ver su autoridad tan abiertamente escarnecida.

—¡Deje que se vaya el señor Keating!

—¡Pero es que él no hizo nada, señor Nolan!

Todd se negaba a callar. Hirviendo de indignación, el decano se precipitó a su pupitre y trató de obligarle a sentarse.

—¡Siéntese, señor Anderson! ¡Una palabra más y le expulso del colegio!

Barrió la clase con la mirada.

—¡Y esto se aplica a todos! ¡Una sola palabra y les expulso del colegio!

Se dirigió entonces a Keating.

—¡Váyase ahora mismo! ¡Desaparezca!

El silencio cayó sobre la clase. Los chicos observaban a su antiguo profesor con el rabillo del ojo, como si esperasen lo imposible. Keating dudó, les hizo un último saludo silencioso, luego giró sobre sus talones. Se disponía a salir de la clase cuando una voz le detuvo en seco.

—¡Oh, Capitán! ¡Mi Capitán!

La voz de repente clara y firme de Todd acababa de sonar en el aula. Todas las miradas convergieron sobre él. Lentamente, con firmeza, Todd puso un pie en el asiento y se subió al pupitre. Tragándose las lágrimas, se mantuvo inmóvil, saludando así a su profesor.

Desconcertado por un momento ante la incongruencia de ese gesto y por la extraña dignidad que revestía, el decano se encontraba ya al borde de la apoplejía.

—¡Baje! ¡Es una orden! —aulló, dando una patada en el suelo.

Pero, mientras se desgañitaba a los pies de Todd, se vio de repente a Knox, en el otro extremo de la clase, que repetía el gesto de su compañero, alzándose sobre el pupitre. Un ramalazo de pánico pasó por los ojos del decano. Reuniendo todo su valor, Meeks se subió también a su mesa. Pitts le imitó. Uno tras uno, galvanizados por su ejemplo, los alumnos se levantaron para ofrecerle un último saludo a su profesor. Sólo unos cuantos, entre ellos Cameron, abrumados por el miedo o por los remordimientos, se quedaron sentados, con la cabeza entre los hombros.

Nolan había renunciado a hacerse con el control de la clase y miraba con furia mezclada con estupor el homenaje que se le rendía al señor Keating.

Embargado por la emoción, éste no se había movido, y allí estaba, con los ojos brillantes.

—Gracias, señores —dijo sencillamente, con un temblor en la voz—. Gracias a todos.

Miró a Todd a los ojos, y luego a todos los Poetas Muertos. Después de hacer un último gesto con la cabeza, abandonó el aula, y el colegio Welton, dejando a los chicos en pie sobre sus pupitres, dueños de sí mismos y de sus destinos.

EN ESTA COLECCION

Biblioteca de autor Heinz G. Konsalik

49701-9	132/01 CRUZ EN SIBERIA, UNA, Konsalik, Heinz G.
49702-7	132/02 BATALLON DE MUJERES, Konsalik, Heinz G.
49703-5	132/03 LLEGARON DEL CIELO, Konsalik, Heinz G.
49704-3	132/04 NATACHA, Konsalik, Heinz G.
49705-1	132/05 MANOS HECHICERAS, LAS, Konsalik, Heinz G.
49133-9	133 CORAZON HERIDO, French, Marilyn

Biblioteca de autor Eric van Lustbader

49681-0	134/01 JIAN, Lustbader, Eric van
49682-9	134/02 NINJA, EL, Lustbader, Eric van
49683-7	134/03 HECHICERA, LA, Lustbader, Eric van
49684-5	134/04 SHAN, Lustbader, Eric van

Biblioteca de autor Dominique Lapierre y Larry Collins

49631-4	135/01 ESTA NOCHE, LA LIBERTAD, Collins, Larry y Lapierre, Dominique
49632-2	135/02 OH, JERUSALEN, Collins, Larry y Lapierre, Dominique
49633-0	135/03 QUINTO JINETE, EL, Collins, Larry y Lapierre, Dominique
49634-9	135/04 ¿ARDE PARIS?, Collins, Larry y Lapierre, Dominique
49635-7	135/05 ...O LLEVARAS LUTO POR MI, Collins, Larry y Lapierre, Dominique

Biblioteca de autor Isaac Asimov

49651-9	136/01 FUNDACION, Asimov, Isaac
49652-7	136/02 FUNDACION E IMPERIO, Asimov, Isaac
49653-5	136/03 SEGUNDA FUNDACION, Asimov, Isaac
49654-3	136/04 LIMITES DE LA FUNDACION, LOS, Asimov, Isaac
49655-1	136/05 COMPRE JUPITER, Asimov, Isaac

49656-X	136/06 VIAJE ALUCINANTE, Asimov, Isaac
49657-8	136/07 EDAD DE ORO I, LA, Asimov, Isaac
49658-6	136/08 EDAD DE ORO II, LA, Asimov, Isaac
49659-4	136/09 EDAD DE ORO III, LA, Asimov, Isaac
49660-8	136/10 PROPIOS DIOSES, LOS, Asimov, Isaac
49661-6	136/11 ROBOTS DEL AMANECER, LOS, Asimov, Isaac
49662-4	136/12 ROBOTS E IMPERIO, Asimov, Isaac
49663-2	136/13 FUNDACION Y TIERRA, Asimov, Isaac
49664-0	136/14 SUEÑOS DE ROBOT, Asimov, Isaac
49665-8	136/15 VIAJE ALUCINANTE II, Asimov, Isaac
49666-7	136/16 PRELUDIO A LA FUNDACION, Asimov, Isaac
49667-5	136/17 ASESINATO EN LA CONVENCION, Asimov, Isaac
49668-3	136/18 AZAZEL, Asimov, Isaac
49669-1	136/19 NEMESIS, Asimov, Isaac

Biblioteca de autor Sven Hassel

49581-4	137/01 «PANZERS» DE LA MUERTE, LOS, Hassel, Sven
49582-2	137/02 BATALLON DE CASTIGO, Hassel, Sven
49583-0	137/03 LOS VI MORIR, Hassel, Sven
49584-9	137/04 GENERAL SS, Hassel, Sven
49585-7	137/05 COMANDO REICHSFÜHRER HIMMLER, Hassel, Sven
49586-5	137/06 GESTAPO, Hassel, Sven
49587-3	137/07 PRISION GPU, Hassel, Sven
49588-1	137/08 EJECUCION, Hassel, Sven
49589-X	137/09 RUTA SANGRIENTA, LA, Hassel, Sven
49590-3	137/10 ¡LIQUIDAD PARIS!, Hassel, Sven
49591-1	137/11 COMISARIO, EL, Hassel, Sven
49592-X	137/12 CAMARADAS DEL FRENTE, Hassel, Sven
49593-8	137/13 LEGION DE LOS CONDENADOS, LA, Hassel, Sven
49594-6	137/14 MONTE CASSINO, Hassel, Sven

Biblioteca de autor Andreu Martín

49601-2	138/01 OTRA GOTA DE AGUA, LA, Martín, Andreu
49602-0	138/02 SI ES NO ES, Martín, Andreu
49603-9	138/03 SEÑOR CAPONE NO ESTA EN CASA, EL, Martín, Andreu
49604-7	138/04 APRENDE Y CALLA, Martín, Andreu
49605-5	138/05 AMORES QUE MATAN, ¿Y QUE?, Martín, Andreu

Biblioteca de autor Wilbur Smith

49621-7	139/01 VORAZ COMO EL MAR, Smith, Wilbur
49622-5	139/02 LEOPARDO CAZA EN LA OSCURIDAD, EL, Smith, Wilbur
49623-3	139/03 COSTA ARDIENTE, Smith, Wilbur
49624-1	139/04 PODER DE LA ESPADA, EL, Smith, Wilbur
49625-X	139/05 FURIA, Smith, Wilbur

49626-8	139/06 VIENE EL LOBO, Smith, Wilbur
49140-1	140 NO LLORES MAS, MY LADY, Clark, Mary Higgins
49141-X	141 HOLOCAUSTO, Green, Gerald
49142-8	142 CAÑONES DE NAVARONE, LOS, MacLean Alistair
49143-6	143 LOS QUE VIVIMOS, Rand, Ayn
49144-4	144 CHICA DEL COLUMPIO, LA, Adams, Richard
49145-2	145 TATUAJE, Vázquez Montalbán, Manuel

Biblioteca de autor Dean R. Koontz

49541-5	146/01 VICTIMAS, Koontz, Dean R.
49542-3	146/02 RELAMPAGOS, Koontz, Dean R.
49543-1	146/03 SUSURROS, Koontz, Dean R.
49544-X	146/04 MEDIANOCHE, Koontz, Dean R.
49545-8	146/05 SERVIDORES DEL CREPUSCULO, LOS, Koontz, Dean R.
49546-6	146/06 ACOSO, EL, Koontz, Dean R.
49547-4	146/07 OJOS DE LA OSCURIDAD, LOS, Koontz, Dean R.

Biblioteca de autor Jack Higgins

49561-X	147/01 SUERTE DE LUCIANO, LA, Higgins, Jack
49562-8	147/02 OJO DEL HURACAN, EL, Higgins, Jack
49563-6	147/03 SOLISTA, EL, Higgins, Jack
49564-4	147/04 LLAVES DEL INFIERNO, LAS, Higgins, Jack
49565-2	147/05 BUENA NOCHE PARA MORIR, UNA, Higgins, Jack
49148-7	148 GRAN LEGADO, EL, Michener, James, A.
49149-5	149 ARENAS DEL TIEMPO, LAS, Sheldon, Sidney

Biblioteca de autor Tom Clancy

49521-0	150/01 TORMENTA ROJA, Clancy, Tom
49522-9	150/02 JUEGO DE PATRIOTAS, Clancy, Tom
49523-7	150/03 CAZA DEL SUBMARINO RUSO, LA, Clancy, Tom
49524-5	150/04 CARDENAL DEL KREMLIN, EL, Clancy, Tom
49151-7	151 2061: ODISEA III, Clarke, Arthur C.
49152-5	152 INVIERNO DEL LOBO, EL, Francis, Clare
49153-3	153 CIUDADELA, LA, Cronin, A. J.
49154-1	154 REBECA, Maurier, Daphne Du

Biblioteca de autor Terenci Moix

49501-6	155/01 TERENCI DEL NILO, Moix, Terenci
49502-4	155/02 DIA EN QUE MURIO MARILYN, EL, Moix, Terenci
49503-2	155/03 NUESTRO VIRGEN DE LOS MARTIRES, Moix, Terenci

49504-0	155/04 AMAMI, ALFREDO!, Moix, Terenci
49505-9	155/05 MUNDO MACHO, Moix, Terenci
49156-8	156 MIEDO MORTAL, Cook, Robin

Biblioteca de autor James Clavell

49481-8	157/01 SHOGUN, Clavell, James
49482-6	157/02 TAI-PAN, Clavell, James
49158-4	158 POSADA DE JAMAICA, LA, Maurier, Daphne Du

Biblioteca de autor Jacqueline Briskin

49461-3	159/01 PRONTO, DEMASIADO PRONTO, Briskin, Jacqueline
49462-1	159/02 ONIX, EL, Briskin, Jacqueline
49463-X	159/03 PALOVERDE, Briskin, Jacqueline
49464-8	159/04 TODO Y MAS, Briskin, Jacqueline
49465-6	159/05 SOÑAR NO ES BASTANTE, Briskin, Jacqueline

Biblioteca de autor Peter Straub

49421-4	160/01 BAJO VENUS, Straub, Peter
49422-2	160/02 SI PUDIERAS VERME AHORA, Straub, Peter
49423-0	160/03 FANTASMAS, Straub, Peter
49161-4	161 SINUHE, EL EGIPCIO, Waltari, Mika
49162-2	162 CUMBRES BORRASCOSAS, Brontë, Emily

Biblioteca de autor Judith Krantz

49381-1	163/01 SCRUPLES, Krantz, Judith
49382-X	163/02 PRINCESA DAISY, Krantz, Judith

Biblioteca de autor Raymond Chandler

49441-9	164/01 SUEÑO ETERNO, EL, Chandler, Raymond
49442-7	164/02 ADIOS, MUÑECA, Chandler, Raymond
49443-5	164/03 VENTANA SINIESTRA, LA, Chandler, Raymond
49444-3	164/04 DAMA DEL LAGO, LA, Chandler, Raymond
49445-1	164/05 DALIA AZUL, LA, Chandler, Raymond
49446-X	164/06 HERMANA PEQUEÑA, LA, Chandler, Raymond
49447-8	164/07 LARGO ADIOS, EL, Chandler, Raymond

Biblioteca de autor Vicente Blasco Ibáñez

49801-5	166/01 CAÑAS Y BARRO, Blasco Ibáñez, Vicente

49802-3	166/02 ARROZ Y TARTANA, Blasco Ibáñez, Vicente
49803-1	166/03 BARRACA, LA, Blasco Ibáñez, Vicente
49804-X	166/04 ENTRE NARANJOS, Blasco Ibáñez, Vicente
49805-8	166/05 FLOR DE MAYO, Blasco Ibáñez, Vicente
49806-6	166/06 CUENTOS VALENCIANOS, Blasco Ibáñez, Vicente
49807-4	166/07 CATEDRAL, LA, Blasco Ibáñez, Vicente
49808-2	166/08 SANGRE Y ARENA, Blasco Ibáñez, Vicente
49809-0	166/09 SONNICA LA CORTESANA, Blasco Ibáñez, Vicente
49810-4	166/10 CUATRO JINETES DEL APOCALIPSIS, LOS, Blasco Ibáñez, Vicente
49811-2	166/11 BODEGA, LA, Blasco Ibáñez, Vicente
49812-0	166/12 PAPA DEL MAR, EL, Blasco Ibáñez, Vicente
49813-9	166/13 MARE NOSTRUM, Blasco Ibáñez, Vicente

Biblioteca de autor Belva␣Pain

49361-7	167/01 VIENTOS SIN RUMBO, Plain, Belva
49362-5	167/02 SIEMPREVERDE, Plain, Belva
49363-3	167/03 TAPIZ RASGADO, EL, Plain, Belva
49364-1	167/04 NUEVA ORLEANS, Plain, Belva
49365-X	167/05 COPA DORADA, LA, Plain, Belva

49168-1	168 MUTACION, Cook, Robin
49169-X	169 MIENTRAS MI PRECIOSA DUERME, Clark, Mary Higgins
49170-3	170 CUNA, Clarke, Arthur C.

Biblioteca de autor Arthur C. Clarke y Paul Preuss

49341-2	171/01 VENUS PRIME I: MAXIMA TENSION, Preuss, Paul y Clarke, Arthur C.
49342-0	171/02 VENUS PRIME II: TORBELLINO, Preuss, Paul y Clarke, Arthur C.
49343-9	171/03 VENUS PRIME III: EL JUEGO DEL ESCONDITE, Preuss, Paul y Clarke, Arthur C.

49172-X	172 FESTIN DE TIBURONES, Sánchez Soler, Mariano
49173-8	173 CORAZONES CAIDOS, Andrews, V. C.
49174-6	174 BRILLO DE LA SEDA, EL, Gage, Elisabeth
49175-4	175 LABERINTO, Collins, Larry
49176-2	176 PERROS DE LA LLUVIA, LOS, Sierra i Fabra, Jordi
49177-0	177 VUELO DEL «INTRUDER», EL, Coonts, Stephen
49178-9	178 TEMPLO DE MIS AMIGOS, EL, Walker, Alice
49179-7	179 JARDIN DE LAS MENTIRAS, EL, Zuckerman, Eileen Goudge
49180-0	180 INTENCION CRIMINAL, Cook, Robin
49181-9	181 CUERPOS Y ALMAS, Meersch, Maxence van der

Biblioteca de autor V.C. Andrews

49321-8	182/01 FLORES EN EL ATICO, Andrews, V.C.
49322-6	182/02 PETALOS AL VIENTO, Andrews, V.C.
49323-4	182/03 SI HUBIERA ESPINAS, Andrews, V.C.
49324-2	182/04 SEMILLAS DEL AYER, Andrews, V.C.
49325-0	182/05 JARDIN SOMBRIO, Andrews, V.C.
49326-9	182/06 SUEÑOS DE HEAVEN LEIGH, LOS, Andrews, V.C.
49327-7	182/07 ANGEL NEGRO, Andrews, V.C.
49328-5	182/08 PUERTAS DEL PARAISO, LAS, Andrews, V.C.
49329-3	182/09 CORAZONES CAIDOS, Andrews, V.C.
49330-7	182/10 MI DULCE ANDRINA, Andrews, V.C.